不顾一切去旅行

TRAVEL ALONE IN EUROPE

陈美琪 · 著

上海社会科学院出版社
SHANGHAI ACADEMY OF SOCIAL SCIENCES PRESS

序

小时候，看着天上高高飞翔的候鸟，心想它们不累吗？它们要飞去哪里？它们短暂的生命将会遇到多少风暴与危险？不由得为它们的命运黯然神伤。但如果这就是候鸟的选择，那么它们就必须走完全程，义无反顾。就像那些旅行者，选择了颠沛流离，选择了流浪，那么就勇往直前，不再左顾右盼。

喜欢独自旅行，不为别的，只为那份随意与自在。寂静的独处让心跳声更沉更稳更响亮，也让前方要走的路变得更清晰明朗。

旅行，是浓缩的人生。最妙的，在一段长途旅行之后，通常你的记忆里会自行筛去那些平淡无奇无聊的时光；剩下的一些粗颗粒，有时是宝石，熠熠生辉，有时也会是一块尖利的石渣，因为划伤过你的手指而让你印象深刻。途中你并不知道会碰到什么，那些人，那些际遇，无论好的坏的，都让人充满期待。这便是根植于身体骨血中，时刻催促我前行的力量。

谁都不愿让自己的人生一眼就看到尽头，旅程也如此。所以无须害怕前方的未知，不论旅程或人生。

不顾一切完成一次旅行吧，你收获的将是一段斑斓的人生。

陈美琪

CONTENT

CONTENT

YOU ARE THE MOST BEAUTIFUL SCENERY

你是最美的一道风景

布拉格的下午，刚下过雨的天依然灰蒙蒙的。

早上来自卢森堡的姑娘带着她小小的橘色行李箱走了，于是房间里就剩下我和另一个中国女孩。我和她前一天打过照面，她告诉了我她的名字叫梓筱。

我总是一下记不住别人的名字，每次第一眼看到一个人，注意力全在脸、表情、言谈举止上，当别人告诉我名字的时候，我也会机械地报出自己的名字，却每次都忽略了用心去记住别人的名字。但她的名字我记住了，因为曾经一个我认识的女孩和她同名。

青年旅舍中，整个不算宽敞的 6 人间里摆放着 3 张上下铺木床，我和她各占了一个下铺，另一张床空着，我俩离得并不远。那一刻，我正半躺在床上听她娓娓讲述她的故事，她和布拉格的故事。

梓筱的一头乌黑直长发是全身上下最让人记得住的特点。一双眼睛不算大却有神，肤色略有些苍白，尖下巴让整张脸看起来消瘦，却在每次说话不经意向上轻扬的时候显出俏皮。总体来说，是个不算漂亮却惹人喜欢的女孩。

她在两年多前来到布拉格学习语言。捷克语，在欧洲这许多种语言中绝对算是小语种，我问她为什么选了这样一种一般人觉得并不实用的外语来学，她说那纯粹是因为爱上了布拉格。曾经有一位作家形容过意大利一个海边小镇，她说，这里是一个梦乡，你在时它不是非常真切，当你离开后，它变得栩栩如生。我觉得这段话用来形容布拉格一点也不为过。我也非常喜欢布拉格。

当梓筱开始努力学习捷克语的时候，非常戏剧性的桥段，她爱上了她的老师，一个比她大不了几岁的捷克男人。或许在布拉格，爱上一个人是毫无意外的一件事情，这座城市是那么温柔甜美。

当她讲述起她的过往时，脸上表情复杂。有些沉醉，有些时过境迁的淡漠，一丝缅怀，一点感伤，嘴角时不时挂着不易觉察的浅浅的笑，眼神却时而迷离，时而黯淡。有好几回，我想提醒她，说你大点声我听不清楚，想想又作罢，分明她只是在梳理自己的记忆。

那个叫沃伊切克的金发男人，和梓筱相恋了一年多。她总是用“可

P

PRAGUE

爱"来形容这个男人：可爱的笑容，用中文说"我爱你"的时候口音很可爱，做早餐的背影挺拔可爱……

我无法想象一个可爱的三十岁出头的男人的样子，在她为我描述的一个个画面里，沃伊切克只是一个一头金发、身高一米八几的模糊影子，这个影子与她牵手、谈笑、相拥，漫步在布拉格的大街小巷里。

"雨都停了，我们出去走走吧？"我点头，随即把扔在枕头边上的一件薄外套穿上，四月雨后的布拉格，天气还是如水的沁凉。

她说他们注定是要分开的，一开始她就很清楚。这不仅是因为文化、语言和生活习惯之间的差异，他俩的价值观也不一样，沃伊切克有个生活在纽约的姐姐，他努力学好英文，希望能在不久的将来去往纽约，与姐姐一起生活，融入纽约快节奏的社会氛围里。

最后，沃伊切克如愿去了纽约，而梓筱也回了国，同时带着对这座城市、对过往恋人深深的依恋与回忆。

再度回到布拉格，仿若隔世，对每条街道却依然谙熟于心。我们就这样在查理大桥下喂了几个钟头的天鹅，心不在焉地看伏尔塔瓦河上，偶尔经过的船只划破了河面的平静。

雨后河畔的泥泞粘上了鞋底，天鹅们却自得其乐完全不在意脚蹼上踩着泥藻，欢喜地从水中摇摇摆摆走到岸上，又从岸上踉踉跄跄淌到水里，把浅滩的清水搅得浑浊一片。

梓筱挺直着单薄的背，裙摆沾上了些许泥水，每次扬起手将面包碎撒出抛物线的同时，都会引来一群争抢的天鹅。她如同孩童般享受着喂食的简单快乐，眼光追随着白色天鹅的身影，若有所思却温柔如水。不远处那座在河面上伫立了六百多年的大桥，棕黑色的桥身和桥面上一座座姿态各异的雕像，倒成了背景，将她与天鹅嬉戏的画面映衬得格外水灵。我知道在她平静的笑脸下，内心的百味杂陈。我怎么会不懂，可我却无能为力。

这座城市中，伏尔塔瓦河上总共有 18 座大桥，唯独查理大桥最让游客心仪，因为它的年岁最大，它是横卧在河上的第一座桥梁。桥上每天人来人往，街头艺术家、小贩、游客、当地人 …… 哪怕你起得再早，睡得再晚，也永远看不到查理大桥落单，更何况，桥上还有那些站成永恒的雕像陪伴着。

“快一年了，我以为自己已经可以自由呼吸了，再回到这里，才知道一切都没有变。”陪着她，我们走在老城中的小路上。黑灰色的石板路面被早晨的大雨冲洗得乌亮，踩着踏磨得平滑的石板路面，之前鞋底的泥泞早被带走，不留痕迹。

街角有一家手工木偶店，梓筱在橱窗外停下了脚步，隔着一面玻璃对着那些被涂得五颜六色的木头人发起了呆。我并不喜欢这些被牵着绳子的人偶，总觉得他们有种被诅咒、被桎梏了灵魂的诡异气质，在夜幕降临之后，灵魂才能被释放，于是他们只会在暗夜不被发现的角落里走动，伴着关节“咯吱咯吱”的声响，令人毛骨悚然、压抑窒息。

布拉格有各类拉线木偶店，手工匠人通常会在他们身上涂上各种鲜艳的颜色，倒是蛮好看的。在橱窗里，最有名的是匹诺曹，你还会看到形态各异的仙女、巫婆、戴着王冠的国王和王后、各种动物 …… 应接不暇。老城剧院中每晚上演的木偶剧、黑光剧也受尽追捧，却从来不是我的心头好。

我和她走着，听她絮絮叨叨说着沃伊切克学过小提琴，沃伊切克

P

PRAGUE

特别崇拜捷克宗教改革家扬·胡斯，沃伊切克带她去吃全布拉格最好吃的烤排骨和啤酒……她有时像个本地人，带我在拜特申山上参观布拉格城堡与圣维特教堂，再下山乘坐特别迷人的红白相间的有轨电车穿行在城中，跟我讲她以前听来的民间故事；有时她却走了神，于是我也陪着她发呆。

伴着她挥之不去的记忆，那几天，我们两个把布拉格踩了个遍。天气晴朗的时候，蓝天白云下的布拉格让人流连忘返，那些白墙红瓦的房子遍布全城。伴着安东·德沃夏克和贝德里赫·斯美塔那的音乐，循着弗兰兹·卡夫卡的脚步，我们像两条鱼，徜徉在城里各处。

“你看过《不能承受的生命之轻》吗？你觉得托马斯对特丽莎是真爱吗？还是这一切只是特丽莎的一厢情愿？”

当特丽莎在混乱的人群中举着相机抓拍苏俄士兵对捷克人民的暴行，托马斯神情紧张地守护在她身旁时；当托马斯在特丽莎离开日内瓦再度回到沦陷的布拉格，抛下一切紧随其后时；当最后一章托马斯对特丽莎说“我在想我是多么快乐”时——我认为米兰·昆德拉书中想表达的托马斯，是深爱特丽莎的，不管他是如何的放浪形骸。

听完我的话，她陷入了沉思。从一开始，我都是一个聆听者，我不知道是否还有其他原因让梓筱与沃伊切克最终没能走在一起，我只是一味地听由她描述过往。

伏尔塔瓦河边，有一座非常有趣、现代感十足的房子，它叫“Dancing House”。这座房子有着扭曲的外形，玻璃外墙让它的金属骨骼一览无余，我站在马路边的人行道上仔细观察着这座奇特的房子，梓筱若有所思地问我想不想跳舞。我看着洒在她苍白脸颊上的点点阳光，风把她黑色的长发轻轻扬起又放下。此时，在我脑海里，沃伊切克从一个模糊的影子突然变得清晰起来，脸上五官立体，扶着她腰肢的手掌骨节分明，他们两个就这样在风里相拥跳起了轻盈的华尔兹，她由衷地笑着，垫着脚尖将双手高高举起，用力捧住了他俊俏的脸。

最后一天下午，梓筱说要送我到火车站。

不确定还能否再见面，行李不太重，路程也不远，于是我们默默地、有些感伤地结伴走着最后一段路。穿过老城，广场上扬·胡斯的雕像高高矗立着，我们不约而同停住了脚步。“你走了之后我也要离开了，或许我将会有很久的时间看不到布拉格广场，听不到天文钟整点的报时了。”我低头盯着自己的脚尖听她说着，肩膀上的背包背了太久，仿佛越发沉重了一些，脚步也迈不开了。

嘈杂的广场人来人往，旁边突然响起一个男人响亮的呼唤，一转头发现是一个街头画家，他像是在招呼我们过去。梓筱转头用捷克语和他说着什么，迟疑了一会，还是走到了他的画作前。我索性在附近找了个台阶坐下，卸下了肩上的背包。反正也不急，旅途中我讨厌被时间追着脚步，可以慢尽量慢。

远远看着他们在聊着，好像有什么有趣的事情提起了梓筱的兴致。我抬头看着午后广场上金灿灿的阳光，心不在焉地想着一段歌词，歌词里说到布拉格广场的许愿池，可这里根本就没有许愿池。

当梓筱再次出现在我面前的时候，我分明看到她眼睛里闪烁着欢喜与雀跃，就像雨后的太阳熠熠生辉。这让我十分惊讶。

只见她缓缓举起手中的一幅画。画里正是我面前的场景，布拉格广场一隅，扬·胡斯雕像前站立着一个女孩，白色的长裙，紫红色的围巾在胸前绕了一圈，脚上一双短靴让这一身装扮多了些时尚气息，一头乌黑长发，虽只露出了侧脸，却能清晰看到微微扬起的尖下巴和笑意盎然的明眸。没错，画里的女孩就是她。但好像有哪里不对，围巾太厚了，裙子和靴子也不是她今天的装束。看见我一脸疑惑，她指了指左下角的一行日期：19th.Oct.2014。

恍然大悟。原来在不知不觉间，她最开怀最美丽的身影早就被捕捉记录了下来。在她马上要离开，以为将会许久见不到这座她深爱的城市时，上天给了她一份礼物，暗示她应该忘却伤痛，记住那些幸福和美好。

人们总是在经历过伤痛之后，将自己困在内心的小世界里，忘记欢笑，忘记这世上还有比回忆更重要的东西。可就在不经意间，你或许已经成为别人眼里一道美丽的风景，别人内心的牵挂，希望你不要总是后知后觉。

PARIS PARIS

巴黎 巴黎

早上打开信箱，收到一张给自己的明信片，也不知道它经历了什么，三个月的时间，才从巴黎第八区那个黄色的邮筒里长途跋涉，回到了家。明信片上，铁塔高高耸立在街道尽头，街道两旁米黄色的房子整齐伫立着，不言不语。

我对巴黎的感情特殊而复杂，以至于我觉得有必要另开一章，专门用来记录它。

巴黎在我心里，不像普罗旺斯的阿尔勒、阿维尼翁、瓦朗索勒令人一见倾心，不像蔚蓝海岸边的尼斯、戛纳、马赛让人愉悦轻松，也不像第戎的恬淡优雅，更不像安纳西如同一个沉醉的梦乡。

巴黎像一个谜一样的女人，虽然任性散漫，却周身散发着诱人的神秘味道，举手投足之间的艺术气息将那么一点小小的市侩掩蔽，你本是无心逗留，到最后却欲罢不能。

记得第一次看到它，有些失望。通常所谓的失望，是与一开始期望值太高相较之下的落差，可我并不是。本来就不太喜欢大城市，购物大军对它过度的青睐更让我不以为意。

或许那时，我还没有深刻地了解巴黎。我的失望，来自有些脏乱

的街道，夏天地铁站里一阵阵难闻的尿骚味，时常光顾你荷包的小偷。不过平心而论，与它那些让人无法抗拒的突出优点相比，这些也算不得什么。

身边，第一次来到巴黎的两位朋友一直埋怨着巴黎的种种不是，虽然如此，这座城市还是经受得起各种考验。记得曾经有一个作家这样描述过巴黎，说它的灵气，是来自阵容强大的逝者队伍，这个队伍由文学家、音乐家、画家等各个年代的艺术大师组成。

没错，虽然这些大师去世了，但他们并没有逝去，他们在生者的追忆、思念、谈话中时刻活着。那些街道、建筑物、地铁站，甚至他们长眠的墓地，无时不刻都在提醒你这些艺术家的存在。就凭这一点，巴黎就胜过世界上许多其他城市，更何况它还有塞纳河让人浮想联翩的左岸。左岸的美术馆、咖啡店、诗词歌赋、哲学、艺术、校舍、贵族气息…… 怎能不叫人向往?

听过这样一句调侃：塞纳河左岸，与你擦肩而过的，十有八九是教授、学生或艺术家，而在右岸，走路请小心，别踩到某位银行家价值不菲的皮鞋，你赔不起。

所以，对于离开巴黎之后那种偶尔跳出来骚扰你一下的淡淡的挂念，这种犹如心痒又挠不到的感觉也就能够解释得通了。

晃荡在巴黎的街头、塞纳河边，我的记忆中没有具象的印迹。所有的，都是一些琐碎的，却充满意义的念想，本以为不会被记住却牢牢抓着你的那种念想。

我最喜爱的还是拉丁区。初夏的早晨，太阳还没有那么张狂地散发出热力，走在人少的圣日耳曼大道上，双叟与花神门前的那排桌椅也还没被纷至沓来好奇的游客占满，睡眼惺忪的巴黎正慵懒地舒展着腰身打着哈欠。

选一条不起眼的小路朝里走，未开门营业的旧书店里，透过玻璃橱窗往幽暗的书架上看，那本你心仪已久却还没来得及占为己有的左拉的精装版《萌芽》还安躺在那里；面包店里刚出炉的法棍买上两根权当早餐，店家会为你用牛皮纸将面包包裹严实，只露出大约五分之一供你一路捧着香气四溢；最早开门的是巷子拐角处的小花店，那些一铁桶一铁桶摊在不大的店门口的花束，让整个早晨都芬芳了起来；那个笑起来露出一排洁白牙齿的法国男生每天都会在同一时间出现在这条巷子里，你们有时在巷口碰见，有时在巷子深处相互点头，他一双迷人的眼睛总是阳光般闪烁；不须急躁，小步向前再晃一会就到了塞纳河边，过桥的时候河面上的风有时也会来调戏一下你的裙摆，这时通常桥上的小贵宾犬或白梗犬会兴奋地小跑过来看热闹，并在你身旁七嘴八舌，骑着自行车擦身而过的美人儿投来善解人意的一笑，“Bonjour”是那个早上所有人的口头禅。

你不能要求巴黎晶莹剔透，因为它做不到。但你要留心夜晚的巴黎，它有魔力。能登上铁塔固然好，可这样你的视野中就少了这支熠熠生辉的灯柱，它是夜巴黎的魂。

所以，坐上协和广场上的摩天轮是个不错的建议。晚上的巴黎，有旋转木马，有晶晶亮的灯饰，有抽着烟不经意从身边走过对你回眸一笑的曼妙女子，有甜腻得足以让人沉醉的香水气息……仿佛白天那些你不喜欢的喧嚣、脏乱、匆忙、疲惫都烟消云散，或被黑色的夜幕偷藏了起来，剩下无尽的可能和满溢的浪漫。当然也有角落里不为人知的落寞与孤寂。

这些碎片式的记忆，足够滋养我对巴黎的感情，许久许久。

35
Livres anciens
Beaux-arts

LANCEL

P

PARIS

LISTEN

你听

几年前，曾经看过一部意大利电影，讲述一个生长在托斯卡纳的小男孩，因为一次意外而失明，被送进政府规定的盲人特殊学校就读，却受到老派校规的桎梏，最终用自己的热情与努力感染了所有人，摆脱内心的囹圄，重获新生的故事。

男孩从小热爱电影，天生具有超凡的想象力与对声音的敏锐度。影片中，他用学校的录音机将大自然与生活中的各种声音收录，最后在老

92

M.MONIZ
JAMESON

JAMESON

师的帮助下，让一众正常的成年人戴上眼罩，为他们呈现了一出精彩的声音童话电影。

这部电影，让我重新定义了视与听之间的联系，也让我更愿意去听，去触摸这个世界，而不单单用眼睛去看周遭的事物。

这个世界上，充满着各式各样的声音，美妙的、喧杂的、奇特的、细碎的……我们感官健全，却往往因为各种原因忽略了它们，忘记了该如何用心去听，去感受。

我喜欢生活中、旅途中听到的种种声音。在记忆里，我仔细收集它们。

对于普通的乐器，我几乎可以不用看，只须听它弹奏一小段旋律就能辨识出是何种乐器，除了那些从未接触过的。这需要归功于小时候被大人强迫去上的那些乐理课。长大之后，这种当时让我无比反感抵触的课程，倒是造就了我这种算不上技能的能力。

虽然乐理课让人反感，但音乐，从来都是被我喜欢的。总是庆幸这个世界上有音乐存在，如若不然，生活将会黯淡失色多少。

1

在欧洲旅行，时时刻刻可以接触到一些殿堂级或民间娱乐性质的音乐表现形式，有时是一场需要正装才可出席的音乐会，更多的是随意走三两个街口就能碰到的街头艺人。

那一天碰到他，算不得意外。

晴好的天气，晃荡在里斯本高低错落的街道上，偶尔擦身而过的有轨电车有些费力地爬着坡，五颜六色小巧的敞篷三轮车带着游客在小路

LES ABB

上撒着欢，从塔古斯河上吹来的风并没有给体表带来多少凉意，我躲进了巷子里，踩着屋宇的影子漫不经心地朝前走。

南欧的午后，人们每日照例需要花好几个小时午休，巷子里安静得只听得见风声和远处海鸥的嘶鸣。虽然阳光没有直射在身上，但热度不减，让人有些昏昏欲睡。

远处隐约传来一阵乐声，淡淡忧伤的旋律如泣如诉，这种怅然的音调不禁让人联想到游吟诗人，在浑浑噩噩的午后，显得有些不真实。循着声音朝深巷走去，那应该是一种类似乌德琴的弹拨乐器，但乌德琴音色浑厚闷重，这种乐器的声音却清而脆，比起普通的吉他，它又显得更加圆润。

渐行渐近，前面一个拐弯，巷子的尽头竟然是明晃晃的一片开阔地，穿出巷子，小广场的背阴处，一个中年男人和一条狗相倚着，正是他在弹着琴。

午后的广场空荡荡，我慢慢走近。男人低侧着头端坐在一张板凳上，在他的面前，竖放着一把置于矮架子上的琴，浅棕色的琴身圆鼓鼓的，琴身上镶嵌的银色细珠子排列出了一些不规则的线状花纹，把琴身装点得充满了异域风情。

琴颈很长，比坐着的男人高出了半个头。琴身上，琴颈的左右两侧各竖着一根不到一尺长手指粗细的杆子，男人的左右两只手各扶着一边，只空出来两个大拇指在琴弦上来回游走。最特别的，是这把琴琴颈两侧的弦栓，粗略数数，有十几个，相应的，琴弦也有十几根。男人戴着拨子的两个大拇指，居然就在这一整排紧挨着的琴弦之间，分毫不差地弹拨着，如行云流水，没有半个错音。

FM Gru

CHANGE

Hotel al

从未见过如此独特的乐器，它的声音让人深深着迷。盯着这个低着头认真弹奏的男人，我像被施了咒一样定在原地。

此时，一直紧靠着凳子的棕色拉布拉多犬挪了挪身子，再次将头搭在了那个男人的脚边。于是，他抬起了低垂的头，我看到了他的眼睛，一双睁开着、却蒙了一层灰的眼睛。让人着实吃了一惊！他看不见这个世界，也看不见琴弦，他是用心在弹奏。

我的内心忽然五味杂陈，微微的恻然和惋惜，更多的却是一点一点膨胀的敬意。这么优秀的艺术家，他的世界里没有色彩，却分外的缤纷绚烂，他将用眼睛看不到的情感将音乐淋漓尽致地诠释了出来，无论有没有听众。

我悄悄走到他面前，蹲下身子，慢慢将一张纸币放进他脚边的铁盒子里，用硬币压住，再缓缓起身。一系列的慢动作，仿佛怕惊动了他与身旁的狗狗。但他还是感觉到了我，抬起头来，不偏不倚对着我的脸微微一笑，轻点了点头，用葡萄牙语说了声谢谢。

转身离去的时候，我听到他开始和着音乐哼唱了起来，沧桑而富有磁性的嗓音张力十足，带着某种宿命的哀伤缓缓吟唱着，独特的旋律与琴声交融，悠扬动人。仿佛一阵咸涩的海风，轻抚过沙漠的炽热和橄榄枝的青绿，却刺痛了眼睛，让人忍不住热泪盈眶。

2

那天本来打算一早坐火车到附近一个中世纪小城，无奈因为一场大雨搁置了计划。正好犯懒，于是整个上午就这样耗在了这座两百多年历史的小旅馆里。

旅馆的房东是一对老夫妻。六七十岁的意大利胖老太太只管每天早上的那顿早餐，其余时间无论你在小小的前台、楼梯口、走道或院子里碰到她，她都不会主动跟你打招呼；而那位只在夜间值班才出现的老先生也不爱搭理人。这正合我意。

吃完早餐，我为自己的咖啡杯重新斟满咖啡，推开餐厅的侧门。一楼院子里有一个小门廊，楼上伸展出的阳台成了遮雨的顶棚，也为小院子辟出了一个小小的休闲空间。这些天院子里被太阳每日炙烤的青草和泥土，让早晨这场大雨击打着，蒸发升腾着一股好闻的味道，带着水汽在我推开门的一瞬间扑面而来，将这盛夏的暑气冲刷打散。我深深吸了一口清新的空气，感觉神清气爽。

门廊右侧摆着一张小木桌和一把老旧的摇椅，这个小小的区域简直就是一个隐秘的伊甸。住在佛罗伦萨老城里的这段时间，小旅馆后院这个小门廊是我觉得最惬意最宁静的角落。而此时，大雨正用力打在院子右侧那棵橡树的枝叶上，噼里啪啦像正炒着一锅豆子，有节律却空洞的声音听久了，竟然有种安抚作用，哪怕你内心再怎么躁动，它也可以将你催眠，让你慢慢平静下来。

石头垒成的院墙上爬满了藤蔓植物，偶尔露出来一小块没被占领的区域，也长着青苔，显然这是个不太受主人重视的小院子，只有几株挨在门廊边的蔷薇花是人工种植的。可恰恰是这样的随意，体现了意大利人懒散的个性，而他们这种懒散与不造作让人感觉格外舒服。

豆大的雨点同样也打在那几株开满粉色蔷薇的花枝上，娇嫩的花瓣被雨水打得七零八落，看来主人要懊恼昨天晚上没有把它们剪下插入花瓶中了。

雨越下越大，大颗雨水从橡树叶子上滴落，打在门廊边的瓷砖上，再从瓷砖上溅起，最终停在摇椅一侧我裸露的脚踝上，凉凉的、痒痒的。喝一口咖啡，看着这灰蒙蒙的天，大抵今天一整天都得被困在旅馆中了。

正发着呆，一阵女子圆润高亢的咏唱声冲破雨幕传进了我的耳朵。我忽然意识到，那应该是旁边小型剧院的女歌者在练唱。说起这个剧院，它的正门朴素低调，只有大门边玻璃框圈着的公告栏里张贴的歌剧海报能让人看出它是个剧院。有几个晚上，当我从外面闲逛完回旅馆，途经它门口，正好碰到中场休息出来透气的一撮撮正装男女。

此时，只听见女歌者的歌声时而跳跃轻快，时而舒缓悠扬，时而轻吟如耳语…… 闭上眼睛，我几乎可以想象得到她美丽的脸庞上，就着一幕幕歌词演绎的生动表情。在一段不断爬升的音阶上，她停顿了下来，又从头开始，可还是在同一个地方再次停顿，反反复复练习了好几遍，最终一气呵成，让人不由得在心里为她喝彩。

或许我和她都被这场雨困住了，而我却近水楼台，在自家门廊上听到了这等天籁。我美美地呷着咖啡，摇椅带着我轻轻摇晃，这样一个凉爽的早晨，美好得你都舍不得让时间流逝。

3

写尼斯这一章节的时候，正好在它刚刚受袭之后。直到此时落笔，离它被宗教极端分子袭击，还不到 24 小时。

无法形容在今天早晨听到这个消息时，内心的惊愕、难过和疼痛，

这不像平常听到某一则天灾人祸的新闻时那种难过。尼斯是一个我非常钟爱的地方，我曾经那么温柔地触摸过它，感受过它。这么一座美丽的小城，一座在我记忆中鲜明灿烂有朝气的小城，我的手心里，仿佛还存留着它阳光下的温度……

最让我印象深刻的，不止是尼斯的热情。那天的阳光、棕榈树、跳蚤市场和隐在老城中高高低低的阶梯历历在目。尼斯拥有蔚蓝海岸最美的一段海滩，天空的蓝、海水的蓝，那种沁入骨血的湛蓝颜色，是我记忆中这座城市的颜色。

但不一般的，尼斯的海滩没有细腻洁白的沙子，取而代之的是一颗颗圆润的鹅卵石。也正因为如此，这座海边小城留给人的印象，不止有蔚蓝的颜色，还有声音。

当潮涨潮落的时候，每一朵浪花拂过鹅卵石的身体，浪花看似温柔却非常有力的手掌拨动着层层叠叠的石子，最上面一层运气最好的鹅卵石被浪花带走，翻滚着身体雀跃舞动着。那时，石子与石子之间互相挤擦着，撞触着，发出阵阵清脆的响声，就像是大合唱。它们分为无数个声部，循着某个它们自己制定的规律，此起彼伏。

你无须非常靠近海滩，但有时你要放低姿态，静下心来听它们欢愉的歌声。

浪花轻盈舞动的时候，它们声音短促跳跃，而当大浪袭来，它们便汹涌澎湃地齐声高唱，犹如千军万马，让人听得如痴如醉不愿离去。

可是今晚，我想它们或许已经哽咽得唱不出声了。我们总是在祈祷着和平，如果世上真有神灵，希望他能够听见我们的声音。

N

NICE

HIS CITY

他的城

这整座城市到处都是他的印迹。教堂、公寓、别墅、公园、博物馆、他曾经的居所……我整日整日徘徊在与他有关的这些地点，如饥似渴睁大了眼，希望可以多看一些，安东尼奥·高迪的巴塞罗那。

如同隔着时间和空间的一次接触，我想，他就是以一贯平视的目光，不高傲，不回避，不嗔不怒也不笑，只是就这么温和地注视着络绎不绝前来拜谒的人群，当然，还必须是留着他标志性的大胡子。

高迪是那么热爱大自然的一草一木，他喜欢作画，却不试图去描绘世界上不存在的东西，最终勾勒出了属于上帝的那些曲线。他的所有作品没有任何一条直线，靠想象完全无法在脑海里拼凑出画面，直到真正见识到这些作品，感觉那都是一些被放大了无数倍的、应该被捧在掌心里的艺术品，就如同博物馆里躺在橱窗内的那些奇珍异宝。

我曾经读过一篇关于高迪的文章。小时候的高迪身体孱弱，所以没有办法和同龄的小伙伴们一起玩耍，于是每天在家对着院子与天空发呆，但就是因为如此，成就了他自小喜欢观察、注重细节的个性。高迪是内向孤僻不擅交际的，却又是极具天赋的。当高迪提交毕业作品的时候，人们认为他要么是天才，要么就是疯子。除了后来的好友古埃尔，高迪没有一个朋友，他终生未娶，把一生的时间都放在了工作上，工作起来甚至几个月连家也不回，衣服都不换。

高迪的作品，其实大多数我都曾目睹过，有时是在电视上，有时是在杂志里、网络上。但当我真正站在这些建筑面前时，还是忍不住倒吸了一口气。

圣家族大教堂是整个巴塞罗那天际线最耀眼的亮点，无法想象巴塞罗那少了圣家堂会是什么样子。教堂一开始并不是由高迪主持建造，高迪在 1882 年从当时另一位建筑师那里接手，直至 1926 年因意外去世仍未完工。据说在最后的 12 年间，高迪甚至推掉了其他所有的工程项目，专心致志地投入这座教堂的建造中。这是他一生当中最重要的一件作品。

意外发生在 1926 年 6 月 10 日。那一天，巴塞罗那正举行有轨电车通车庆典，整个城市布满鲜花彩旗，人们欢呼雀跃，有轨电车就这样行驶在音乐声与欢呼声之中。突然，电车将一位行色匆匆的流浪汉撞倒了，他再也没能爬起身来。一阵小小的骚动之后，闻讯前来的警察将这位衣衫褴褛的流浪汉送至医院。因为伤势严重，不久他便断了气。与许多横尸街头的无名流浪汉一样，他也将在城市的公共墓园草草被埋葬。

可就在这时，一位老妇认出了他，指着他的面庞叫出了安东尼奥·高迪的名字。得知大师的去世，整座城市都哭泣了！高迪出殡的那一天，全城几乎所有的人都前来送他最后一程，大师的一生就这么戏剧性地画上了句号。他最终被安葬在还未完工的圣家族大教堂的墓室中，成为所有西班牙人的骄傲。

圣家堂是唯一一座至今还未完工却已被列入世界文化遗产的建筑。虽然在开始动工的时候高迪没能参与，但长眠在教堂里，陪伴着自己最得意的代表作，看着它在未来竣工，大师想必也没有遗憾了。

我不太懂建筑，对于圣家堂到底是哥特风格建筑或是加泰罗尼亚现代主义风格建筑没有深究，只知道越靠近它，内心越震撼。那些石头雕像简约却极富张力，面部表情只须用刻刀一两笔就能丰富表现出膨胀的情绪。如同蚁巢一般的建筑外观，看似无章，却在每个孔洞每条缝隙之中体现出一种跳跃的内敛与想象力。

走进教堂，抬头看如树枝一般挺拔有力的立柱，那些圆、那些线、那些尖锐的棱角，让人眼花缭乱，叹为观止，加上彩色玻璃花窗透进来的光，整个教堂梦幻得如同一个异次元空间。我从未见过如此令人震撼的建筑内部空间。

高迪如此喜爱大自然，他的作品呈现的，都是一些拟生的物事。

圣家堂外观如同高高树立的蚁巢，内部却像一顶被无数大树枝干撑起的开满花朵的大帐篷；巴特罗之家是一尾五彩斑斓的鱼，阳台挂着一张张人脸面具；米拉之家到处是穿着盔甲的武士；而古埃尔公园，是一座爬着变色龙的童话城堡 ……

高迪用他的想象力，让这座城市变得绚烂斑斓，他的一件件作品，就如同小时候我们透过最喜欢的万花筒看到的世界，光怪陆离、千变万化、引人入胜。

TIME
PAUSED HERE

时间在这里暂停

对于托斯卡纳，向往由来已久。那些电影里的场景，男女主人公一边拌着嘴一边驱车穿梭在乡间的小路上，夕阳将山丘的影子拉长，整个世界浓墨重彩；女作家逃离了都市，逃离了失败的婚姻，在乡间买下一栋破旧的房子，最终等到了幸福；女孩与未婚夫来到朱丽叶的故乡，因为一封情书遇见拥有一段未了情缘的老妇，在帮助妇人寻找爱慕之人的同时，内心的天平不知不觉已倾向另一个男人……这许许多多的画面，组成了我对托斯卡纳无尽的遐思。

但真正爱上这里，只需要一眼。

早晨，太阳刚爬上枝头，车行在蜿蜒的公路上，眼前的景致就像不经意间听到了一曲百转千回、悠扬绵长的田园小调，让人忘却一切喧嚣繁杂，内心恬淡欢喜。

从佛罗伦萨坐上开往 San Gimignano 的巴士，在 Poggibonsi 小镇换乘另一部公车，再开不多久就到达了这座中世纪古城。

一路上，托斯卡纳典型的丘陵在清晨的阳光下毫不羞涩地展现着自己姣好的容貌。这里的风景不似意大利北部阿尔卑斯山勃伦纳山谷皑皑雪山的清灵俊朗，也没有南部那不勒斯海岸线那些火山形成的悬崖湾口那般旖旎俏美，这里延绵如波浪状圆润的一座座山包肩并着肩，覆盖着低矮如绒毛的草甸。草有翠绿、深绿、枯黄、灰褐几种颜色，和风丽日中，远看如同一块渐变色的地毯铺陈在湛蓝的天空下。山坡上偶尔能见到一两栋石头堆砌的屋宇，通常屋子的旁边都会有一排非常醒目的黑柏树，这种如同利剑般修长挺拔的树木，只有在地中海沿岸能看到，托斯卡纳地区遍布这种外形极具辨识度的树种。

这里的人们喜欢将黑柏树种植在田野的步道旁或屋舍的周围，远远望去，微微有些弧度的山丘上如同跳跃着一排绿色的火苗。除了草甸、黑柏树、野花和向日葵地，田野上还能看到一座座葡萄园。五月的天，葡萄还没见影子，只有肆意生长的藤蔓和枝叶映入眼帘，那些绿油油的葡萄叶子舒展着，被微风怂恿着在阳光下跳起了舞。

托斯卡纳，永远和阳光脱不了干系，它是那么的迷人。San Gimignano 的城墙在朝晖中熠熠闪烁，石板路面渐渐被晒得有了些温

T

TUSCANY

度，刚刚从公车上下来的几个十几岁的意大利小孩穿着校服，其中一个手上拿着一瓶清凉喷雾，对着每个人脸上头上手臂上一阵乱喷，孩子们嬉闹着，细细的水雾在他们四周飘洒着，太阳下闪着光。我径直穿过城门走进了城里，笔直的小路两旁是鳞次栉比的小店，早上人客不多，手工艺品店店主慵懒地喝着咖啡，餐厅里的服务生闲散地分布在角落里，冰激凌店有个女生笑容很甜，我慢慢踱着步，对着巷口那只一跃而起跳上围墙的花猫举起了相机。

这座古城，传说最早的时候居住着一群活跃在亚平宁半岛中北部的伊特鲁里亚人，他们擅于经商，喜欢聚集在易守难攻的山头，用大块的岩石建造房屋，再砌起坚固的城墙，建造可供瞭望的高塔，防止外敌入侵。而 San Gimignano 就是这样一座拥有典型伊特鲁里亚城市格局的古城。公元 10 世纪，这里开始有文献记载，并以当地主教 Gimignano 的名字命名这座小城。中世纪时期，因为圣徒们走 Via Francigena 朝圣之路前往罗马，这里是必经之地，于是 San Gimignano 开始变得繁荣。鼎盛的时候，这里的贵族在城里建造了 72 座塔楼，据说这些高塔在当时除了御敌和仓储功能，还被当作炫富的标志。在当时，谁家建造的塔楼最高，就说明他最富有。而 14 世纪中叶大面积席卷欧洲的黑死病让这座城市几乎成为一座空城，城里的房屋及高塔也荒废了不少，目前被保留下来的塔楼只剩下 14 座。

宁静的早上，我一边在广场上晒着太阳，一边听老人家讲着古城的故事。古老的水井旁，有个满头棕色卷发的少年坐在石阶上，低着头在明信片上书写着，安静而认真。鸽子兀自在台阶上跳上跳下，也不知在地上啄着什么，教堂的钟声突然敲响，惊得一只白鸽扑棱了两下翅膀，飞上了附近高高矗立如同卫士一般的塔楼。

还没到中午，我已忍不住喜欢上这座不大的古城，决定把今天一整天的时间都耗在这里。因为还未到人满为患的度假季节，所以也不急着找晚上落脚的地方，便随意溜达到广场旁边一家人不多的意大利餐馆里坐下，点了一份看上去像饺子，却包着土豆泥加芝士馅料的意大利面，权当早午餐。所幸这份浇了肉末酱的意大利饺子味道还不错。

餐厅里帅气的服务生看我盯着盘子里的饺子眼神有些犹豫，便一脸认真地跟我普及起了意大利面的品种。听完他滔滔不绝的讲解，我心里窃笑，暗自怀疑这种怪异的吃食，是不是当年马可波罗游历到中国的时候，偷偷学来却记错了配料的产物。见这位小哥挑起了眉毛，我赶紧转移话题，问起了小城的布局。原来，老城的另外一边有个周末小集市，集市附近就有许多可供住宿的小旅馆。他还告诉我，如果想出城到葡萄园或田野里走走，沿着城墙边下坡的小路就可以走到。这让我欣喜若狂。

吃完早午餐，我沿着蜿蜒的下坡路，慢慢走进了托斯卡纳田园的怀抱。越往城外走，空气变得越清新，泥土和青草的味道弥漫在四周，青涩却带点甜味，不知道躲在哪儿的小鸟叽喳乱叫，几个意大利男生从身后走来，大踏步与我擦身而过，其中一个回过头来朝我友善地一笑，露出一排洁白的牙齿，然后追着同伴远去。

穿过小路边的一片葡萄园，园子中央有几座两层楼高的石头房子俯视着整个园子，二楼阳台上有只白色的小狗看见了我，开始躁动狂叫，在小小的阳台上来回跑跳，远处有一只狗回应了它，狗狗们就这样高低起伏地叫开了。当我穿出密布葡萄树的园子来到屋子正前方时，一眼看见原本趴在远处的那只狗狗正箭步从另一头狂奔而来，伴随着高声狂吠。它个头虽不大，但来势汹汹，着实把我吓了一大跳。毕竟我这也算是私闯民宅，狗狗如果扑上来也算是正当防卫。

正当我在一阵慌乱中胡思乱想的时候，狗狗已经跑到了我跟前。我心想这回命不久矣，赶紧用双臂护住了头和脸，闭上眼睛背对着它缩成了一团。突然穿着凉鞋的脚感觉到了一阵略带温度的潮湿感，痒痒的好像某种蠕虫爬在了脚背上，低头一看，狗狗居然停在我脚边开始舔起了我的脚背和脚趾头。

这时，从房子里走出一个身材挺拔的男人，手上还抱着个胖嘟嘟的娃儿。只见他轻喝了一声，阳台上一直叫个不停的小白狗立刻安静了下来，而我旁边这只正酣畅淋漓享用我脚趾头的狗狗，也乖乖摇着尾巴跑到了他身前坐下。男人打量着我，见我一副游客打扮，手上还拿着相机，微笑着用有些生疏的英文和我打起了招呼。我询问他是否有客房可以租住，因为我实在不愿意住回景区的小旅馆，如果可以住到农舍里，与他们一起用餐，和他们一起干干农活，哪怕多付一些住宿费我也是愿意的。

听完我的描述，男人喊来了他的妻子并和她小声合计了起来。这位美丽的女主人温和的笑靥让人感觉温暖，她从男人手中接过婴儿，再回头的时候对我比了一个 OK 的手势，于是我被领进了客房。所谓的客房，其实是一间装饰简朴的单人间。

腼腆而温柔的女主人英文讲得比男主人好一些，她将婴儿放进了里屋的摇篮中，又嘱咐他们五岁的儿子陪着摇篮里的妹妹玩儿，然后开始给我煮起了咖啡。她告诉我，因为离古城近，在夏天度假旺季的时候，他们会准备三四个房间出租给游客，但因为现在还没到旺季，那些房间都用来储放杂物了。

那天下午，我就这样在两只狗狗的陪伴下，喝着咖啡吃着糕点，发了几个小时呆，逛遍整个葡萄园，爬上屋后开着虞美人和小雏菊的小山包，坐在山坡上看了一场最美的日落。等到远处古城的高塔和近处的小屋在夕阳余晖中由亮橙变为橘红，再由橘红变成绛紫，最后慢慢模糊了轮廓，我才意犹未尽地回到了住处。此时等待着的，是主人家为我准备的一顿托斯卡纳最地道的美味菜肴。

在托斯卡纳的乡村里，看不到罗马的辉煌功绩，没有佛罗伦萨的文艺气息，离米兰的时尚与奢华也非常遥远，更体会不到那不勒斯海岸线周边那些度假岛屿的热情与活力。但在这里，你可以抛下所有杂事杂念，肆无忌惮地享用葡萄美酒，在田野中尽情撒欢，在山坡上随时躺下欣赏蓝天白云…… 时间在这里是暂停的。

MISSING IN PARADISE

天堂里的思念

那个女孩叫 Lisa Wagner，16 岁半。从她的名字上猜，应该是个美丽而活泼的姑娘。我刚刚经过她的墓，看到有新鲜的白玫瑰花束躺在墓碑旁，想必是谁想念她，来看她了。

这个位于柏林 Wilmersdorf 区的墓园不算大。因为没有名人落葬在这里，所以平日里非常安静。园里有几棵大橡树和梧桐树，纵横交错的几条步道旁，分布着几张可供休憩的靠背长凳。住在朋友家的这段日子里，我偶尔会到这个墓园里走走，有时带一本书在长凳上坐着看，有时就只是散散步。运气好的时候能碰到安静作画的年轻人，但多数碰到的是周围社区里出来遛狗或散步的人们。

女孩的墓在离墓园入口不远的步道旁，每次进墓园都必须经过。一开始我并没有太在意，有一次正好遇见一只憨态可掬的松鼠蹲在墓碑旁吃松果，循着松鼠的身影，我看了一眼它身后长条形的墓碑。墓碑看上去非常干净简洁，青色的碑石上除了她的名字和姓氏，只有一行字：12.März.1987–15.Sept.2003。

我往前再走了几步，找到橡树下的一张长凳子坐着，享受阳光下的宁静。

我是个胆小的人，记得小时候，非常害怕走近别人的坟墓。有时大人带着到乡间郊游，远远看到一个塚，内心紧张惶恐，走近之时默默屏住呼吸，低着头佯装没看见，牢牢牵住大人的手快步往前走。忘了是从什么时候开始喜欢上逛墓园的，大概是到过欧洲之后吧。

国外的许多墓园就像街心公园一般普通，不似东方国家的墓园总有阴郁与黯沉的气氛充斥四周。园中种着各类花草，立着精美雕塑，谁愿意走进来小憩片刻都无妨。唯一与公园不同的，大概是这里少了些许喧闹和嬉笑声，毕竟是比较肃穆的场所，不会有家长带着小朋友在草坪上玩耍笑闹，来这边遛狗的人们一般也不会从狗狗的脖子上取下狗绳。在德国，有些墓园，甚至可以看到园区边缘的咖啡店，提供给吊唁或扫墓的亲人朋友休憩之用。

我喜欢墓园里的静谧，喜欢看到在这里进出的人们规规矩矩不吵不闹的样子，喜欢墓园里那些不亚于博物馆陈设的精美雕塑。偶尔，

也喜欢从墓碑上的墓志铭去猜测安躺在这里的人们的故事。但不管如何，其实我的内心对那个无形的世界是心存敬畏的。可说来矛盾，我却是个没有任何信仰的唯物主义者。越胆小越唯物，在我身上体现得淋漓尽致。

墓园里的鸟儿和松鼠是最自由的，它们尽情欢歌，上串下跳，无须考虑任何人的情绪或喜好，也无惧打扰了一众逝者的清静，倒是让人感觉这是它们的地盘、它们的家。

在我的不远处，凳子上还坐着一对五六十岁的老夫妻，他们身旁停放着两辆自行车，想是骑累了进来休息片刻，他们就这样坐着，握着对方的手，轻声交谈着。他们的头顶上没有树木，金灿灿的阳光就这样洒在他俩花白的头发上和肩膀上，格外地耀眼。步道尽头，紫色和粉色的木绣球花绽放着，一团团一簇簇，十分醒目。洒水的喷头就装在花团的附近，兀自缓缓旋转喷洒着水雾，阳光下，水珠子闪着钻石般的光泽。

空气中有一股淡淡的花香，有些熟悉，一时却想不起是什么花的香味。我就这么静静地坐着，想着那个叫 Lisa 的 16 岁女孩，惋惜她花一样的年纪，却这么倏然就香消玉殒了，实在让人感叹生命的脆弱。

可能是意外，也可能是疾病，让这个娉婷少女早早离开了人世，但恰恰是这样，她的生命可以永远停驻在 16 岁的花季，人们的记忆中将永远只有她的美丽、她的活泼、她的可爱。2003 年逝去的时候 16 岁，现在，她依然是 16 岁，任由岁月荏苒多少个秋，不计花开花落，不计沧海桑田。

时间已近中午，我起身朝大门口踱步。再次经过她的墓。躺在墓碑旁那束白色的花儿被太阳晒得有些蔫了，插在花束中的一张卡片因此掉在了一旁。我走过去，将卡片捡起，卡片上用英文写着一段话：

> *亲爱的宝贝，爸爸和我将带着弟弟们离开柏林回墨尔本住一段时间。可能是一年，也可能是几年，我们不太确定。妈妈会一直用你喜欢的方式给你写留言，就像以前的我们，把贴纸贴满整个房子。我们每一个人都非常想念你，你在天堂过得好吗？有没有像以前一样调皮打烂花瓶或碗碟？你也可以像从前一样给我们写纸条，不管我们在德国或澳洲，只要我们的心在一起，我想都能收到彼此的信笺。*
>
> *——永远爱你的妈妈*

我将卡片再次插入花束中，抬头看了看天空，天依旧是清澈的蓝，云淡风轻。我心里有些难过，有些感伤，怏怏走出了墓园。

希望你在天堂一切都好，希望天堂里有用不完的贴纸，让你随时可以写上你的思念。

NIGHT IN FLORENCE

翡冷翠之夜

时光在这里停驻，这座美丽的城市，仿佛一直不愿跟随历史的脚步向前，那些文艺复兴时期的建筑、雕塑、画作，点点滴滴的物事，依稀还是当年的模样，这里埋葬着整个欧洲文艺复兴的魂，时常能够唤起人们美好的遐思。虽然没有穿行老城的有轨电车擦身而过，但我依旧爱极了它，这座被徐志摩称为翡冷翠的城市。

早晨抵达佛罗伦萨机场，忙不迭赶到老城中下榻的住所。十几个小时的飞行加上转机，让人疲惫不堪。虽说与旅馆老板有些交情，他也记得我这个老顾客，但还是费了一番口舌，才说服他让我提前了五六个小时入住。之后便是一通倒头大睡，再次醒来，一阵恍惚，不知身在何处。

拉开窗帘，天依然亮着，手表上的时针指在7和8之间，分针指着9。发了一会呆，确认自己睡了整整一个白天，知道一时半会儿时差是倒不过来了。那便索性来个夜游吧。

懒洋洋洗漱了一通，换好衣服下了楼。这个家庭旅馆是一座位于老城中心的百年建筑，它见证了佛罗伦萨的历史。我十分钟意这里小小的后院与房间里对着院子的长窗，几次来到佛罗伦萨，几乎都选择住在这家旅馆里。从旅馆门前的石板小路向左走，再拐两个弯就能看到圣母百花大教堂圆形的拱顶，可饥肠辘辘的我现在最想要的是一顿美食。

在意大利不难找到好吃的。意大利人会自豪地告诉你，他们有上千种意面随你挑，这里还有最地道的 pizza。在佛罗伦萨，你还可以选择吃大块的牛排和当地特色的牛杂及牛内脏。我在附近挑了一家人客不多的餐馆，找了个靠窗的位置坐下，点了些吃食，对着窗外被小路两旁屋舍剪切成竖条形的百花教堂的剪影发起了呆。等上菜的时间是最漫长的，特别在非常饥饿的时候。此时天方才慢慢暗了下来，教堂剪影的后方，晚霞由浓重的橙红变为绛紫，预示着明日将会是晴好的一天。

吃完晚餐出来已将近晚上 10 点。吃饱睡饱，还有长长的时间任由支配，这让人内心愉快得想要引吭高歌。我就这样随意在老城中转悠了起来，也不管东南西北。

F

FLORENCE

还记得上一次这样肆无忌惮夜游欧洲城市，还是在德国北部的小城施特拉尔松德。那个初冬的夜晚让人特别难忘，站在古城偌大的市政厅广场上，身边是被列入世界文化遗产的市政厅大楼。广场周围有两三家酒馆，夜渐渐深了，酒馆的客人慢慢散去。酒馆门前的露天区域摆放着一些桌椅，圆柱状取暖器里的火焰渐渐不再升腾，古老的街灯一盏一盏熄灭，四周的建筑黯淡了下来。天空挂着的一轮明月却越发清亮，将建筑的影子投射在暗夜里，如同鬼魅。只有广场中央微微凹陷的喷泉池里的喷泉，完全没有休息的打算，每隔几分钟便向上喷射一次，高高的水柱往下拍打水池的地面，发出单调却清脆的撞击声，响彻整个空旷的广场。

从记忆中拉回思绪。五月的佛罗伦萨，白天阳光的照射，在石板路上储存的热力还未完全消退，而这座城市里喜爱夜生活的人们也让老城的夜晚多了些许躁动的气息，不似德国冬天北部的城市那般萧瑟。

隐藏在路边的一个小小歌剧院，门口聚集着一群群穿着考究的男女。想是中场休息时间，大家从剧场里出来透气。他们有些人手指上掐着香烟，脑袋挨着脑袋，细声交谈着，轻笑着；有些人则表情认真地讨论着什么，还伴着最具意大利风格的一阵手舞足蹈；还有些人举着瘦长的酒杯，轻轻在对方的杯沿上敲击一下，再细细品一口，漫不经心的优雅。从他们身边经过，一阵混合香水味随风飘送，让人闻香欲醉。

再往前走，经过一个被几条小路包围着的三角形小广场，广场小到三四家小酒馆在门口围起的露天区域就瓜分掉了整个广场的空地，只剩下中间一条勉强可以过小车的道路。这里凝聚着一众享受夜生活的年轻男女，大家喝着酒大声聊着天，嬉闹声此起彼伏。也不知文艺复兴时期的无数个夜晚，是否也是眼前这番景象。服务生热情地招呼着过客，手里拿着酒单，我轻轻摆手，匆忙穿过小广场往前走。

小路上安静了许多，白天游人如织的场面不复存在，纪念品商店、书店、画廊统统打了烊。还露着微光的是一家古董店的橱窗，里面摆放着一些旧书籍、金属器皿、瓷器、油画、皮质行李箱、唱机唱片、梳妆台、各类女性饰品…… 这些旧物，都齐齐整整地列着队，等待着哪一天被哪一位有眼光的人相中，将它们买下收藏。

领主广场旁的乌菲兹美术馆，不见了白天排着长长队伍购票入场的人群，这个美第奇家族曾经的私人收藏馆多么让人流连忘返，里面那些文艺复兴时期的画作与雕塑迷倒了万千喜好艺术作品的人们。而此时，街灯下空荡荡的，少了摆摊卖画的街头艺术家与制服笔挺的警察，仿如隔世般寂静。倒是阿诺河堤岸边，依然缱绻着一对对情侣与三三两两的游人。

不远处，命运多舛的老桥安静伫立在阿诺河上，曾被洪水冲毁过无数次的桥身，在 1966 年再次受到重创之后被修建一新 , 直至现在。桥上那些曾经的生肉铺子，如今已改头换面，成了售卖金饰及珠宝的精美店铺，在晚上也都一一打烊了。慢慢踱步在幽暗的老桥上，踩在凹凸不平的石板路面上，中段没有商店遮挡的拱形桥洞显得开阔而明亮，倚着石栏眺望平静的河面，想象着米开朗基罗或拉斐尔是否也曾经倚靠在此，灵感迸发时成就出一幅幅旷世杰作。

往回走路过共和广场，夜越来越深了，旋转木马却仍旧自顾自转着圈圈，只要有人投币，它就会陪着，直至你开心了笑了。广场上游人不多，不远处有一个街头艺人弹着吉他哼唱着和缓悠扬的旋律，他的身旁稀疏围着一些人，三两夜归的情侣拥抱亲吻着，跟着旋律轻轻摆动身体，周遭的空气都被搅得浪漫甜腻起来了。

街上最后一家冰激凌店也关门了，擦拭着橱窗的意大利店员抬起头看见了我，习惯性扬起嘴角并抛来了一个媚眼，用有些生硬的英文告诉我，明天请早。酒馆、咖啡店也陆续打烊。翡冷翠的夜，就这么微微地凉了，微微地陶醉了。

MESON
Mahou
GAMBAS
Mahou
BODEGA
SIDRERIA-RESTAURANTE
GASTRONOMIA TRADIC ONAL
RESTAURANTE
PAELLA
TAPAS

BONJOUR STRANGERS

Bonjour 陌生人

那天，我坐在巴黎六区卢森堡公园附近的咖啡店里，百无聊赖发着呆。桌上一杯拿铁喝了大半，手提电脑摊开着，word 文档中的文章只开了个头，毫无灵感。

落地窗外，早晨阳光的影子跳跃在人行道和马路之间，风有些慢条斯理。街上行人不多，两个游客模样的东方女孩走过，停在街角。其中一个长发披肩，淡蓝色洋装俏皮可爱，脚上却穿着一双与裙装不太搭的白色凉拖，她手里拿着地图仔细端详，与同伴说着什么；短发的同伴比她高出半个头，白色丝质衬衫和一条灰色阔脚裤让她看起来干练而清爽。

对街一个背着画板的法国男孩正过马路，一头金色短发在阳光下熠熠生辉，想是附近国家美术学院的学生。

拿起咖啡杯抿了一口，发现杯里的咖啡已经凉透。正当我扬手想让服务生把 menu 拿来，再点个什么吃食或饮料的时候，街上一阵尖锐急促的声响吸引了周遭所有人的目光。原来是一辆开得飞快的红色跑车急刹车，赫然停在了亮着红灯的十字路口，幸好没有撞到人。

1

姗姗和小雨是大学同学。关系最铁的那种。她俩经常赖在一起，一起吃饭、看电影、睡觉、八卦、发疯、旅行，无话不谈。姗姗个性活泼，爱笑爱闹，非常有主见。小雨虽然比姗姗个高，一头短发看似英姿飒爽，但她却是个又细心又温柔的乖小孩，说话也是轻声细语的。

这趟巴黎之旅，行程是姗姗制定的，但她这种懒人只会把机票和酒店定好，再到网上简单看下别人的攻略，确定了要去的几个重要景点，等飞抵目的地之后买份地图，再不行临时抓个当地人问路，慢慢找到这些想去的地方。英文专业的她相信只要“有嘴有腿”，绝对不会在旅途中迷路。

几次结伴旅行的经历，确实姗姗没把小雨带迷路过，于是小雨也就放心跟着她走，同时揽下了记账这种姗姗最烦的活儿。

今天早上姗姗起晚了，原定 8 点钟出门的，吃完早餐回到房间已经快 8 点半了，看着等在旁边一脸揶揄的小雨，换好衣服，她也懒得从行李箱里把单鞋拿出来穿了，直接蹬上昨天穿过的白色凉拖就出了门。

刚出酒店没多久，姗姗便拿出了地图，她有点找不着方向。小雨把头凑过来，帮忙找着地图上周围地铁站的标识。她们今天第一站要去的是橘园美术馆。“算了，还是找人问问路吧。”抬起头环顾四周，对街正好有个金发男生朝这边走来，这男生看上去很友善很阳光，背上背着的画板让他身上多了几分艺术气息。姗姗径自走到他面前，脸上堆起了笑。

看到一个小巧的东方女孩主动打招呼，再看看她手上的地图，Anthony 会心一笑，礼貌地停下了脚步。

一开始姗姗还有点担心传言说的法国人不屑讲英文，但她发现这个帅气的男生一点都不排斥英文，于是热络地与 Anthony 交谈了起来。

“哈！我正好也要去协和广场附近写生，你们跟着我走吧。”Anthony 不经意朝旁边默默站着的小雨看了一眼。姗姗见状，想也没想就开心地应允了，在她看来，这倒是省了自己找路的许多麻烦。她像一只兔子一样碎步跳回小雨身旁，挽起小雨就往前走。

正当他们三个朝前走，打算穿过大马路的时候，一阵急促的刹车声把两个女孩吓了一大跳，走在小雨身旁的 Anthony 及时伸出右手把小雨往自己身边用力一拽，连带着将挽着她的姗姗一并拉近了一大步。其实那辆因急刹车停在一米开外马路中间的红色跑车根本不可能撞到他们，车上一位四五十岁的中年男人却仍然满脸歉意，为自己吓到人大声说着对不起，并挂断了通话中的手机。

可能是天热的缘故，再加上刚刚被这么一吓，小雨的脸颊绯红。Anthony 摊摊手，一脸不以为意的样子，示意大家继续往前走。

有法国男生带路，女孩们顺利抵达协和广场旁边的橘园美术馆。本来以为只是顺路搭个伴，没想到 Anthony 竟然表示愿意陪着她们一起参观美术馆，做她俩的向导兼讲解员。毕竟由一位未来的画家来为她们诠释名画，他的见解肯定更加深刻中肯。

本来就是开朗外向的年轻人，再加上年龄相仿，三个人越聊越投机。Anthony 告诉女孩们，他来自离巴黎两百多公里外的小城第戎，现在是巴黎国家美术学院三年级的学生。他们聊开创了印象画派的莫奈，

聊毕加索、塞尚、高更，聊 Anthony 家乡的宁静祥和，聊塞纳河左岸的咖啡店、书店和文艺气息，也聊北京的胡同、长城、涮羊肉和豆汁，Anthony 答应晚上带女孩们去吃地道的法餐。

从橘园美术馆出来，三个人在附近随便吃了点东西权当午饭，开始了下午毫无目标的闲逛。也确实，除了博物馆、美术馆，在巴黎旅行最适合的方式就是随意晃荡。

看着广场上兀自旋转的摩天轮，姗姗提议大家坐摩天轮鸟瞰巴黎全景。随着摩天轮越转越高，不远处的凯旋门与埃菲尔铁塔将两个女孩长久以来怀揣的浪漫梦想变得触手可及，童话故事里的情节似乎都亮晶晶地就闪耀在了眼前，连空气都渐渐散发出了甜味。“巴黎对你们意味着什么？” Anthony 深邃的眼睛带着一丝疑问。“意味着浪漫的梦想。”是的，每个人都有一个巴黎梦，它可能是一次浪漫之旅，可能是一次对艺术殿堂的拜谒，可能是一次心灵的洗礼，也可能只是一个挥洒金钱从而满足物欲的过程。

“我的梦想是成为一位像梵高一样杰出的画家。” Anthony 幽幽地望着远方。小雨摸了摸身边的背包，递给每人一瓶矿泉水，第一个打开瓶盖：“为梦想干杯！”“干杯！”

意犹未尽从高空回到地面，Anthony 带着她俩穿过杜乐丽花园，在卢浮宫广场用画笔勾勒出女孩们姣好的身影。塞纳河边，艺术桥上的连心锁早已不复存在，取而代之的是一些雕塑作品。再慢慢往前走，河边的巴黎圣母院遥遥在望。

午后的阳光有些晃眼，三个人在教堂边的树荫里坐着，河边堤岸上爬满了藤蔓植物，一对野鸭高高地站着，昂首挺胸。公鸭子顶着一头墨绿色的“头发”，阳光下如同锦缎一般泛着紫蓝色的光，母鸭子其貌不扬，花棕色的羽毛遍布全身。不远处的长凳上坐着一对老人，面朝塞纳河的方向正窃窃私语，四周安静得可以听见树叶被风吹动时窸窸窣窣的声响。“多么奇妙的一个下午，在今天早上之前，我们根本都不认识。”看着 Anthony 蓝灰色的眼睛，姗姗发现他有两排长而浓密的深棕色眼睫毛，好看极了。

时间就这么一分一秒缓缓地走着，教堂钟楼里的钟也不知道敲过了多少遍，长凳上那一对老夫妻依然坐着，好像有聊不完的话。小雨起身，决定进教堂里看看，姗姗却懒懒的不想动，按理说这时 Anthony 应该起身带小雨进教堂参观的，但此时这位“地主”也没有要挪动身子的意思，于是约好进去半个小时回来，小雨朝圣母院正门径直走去。

看着小雨走远的身影，Anthony 突然变得有点局促，欲言又止。姗姗看在眼里，一双大眼睛直勾勾盯着他的脸，似笑非笑。

终于，Anthony 忍不住开了口：“我不太清楚东方女孩的想法，学校里认识的几个东方女孩都非常腼腆，所以我害怕自己会说错话。”见姗姗没有回答，Anthony 侧转头看了她一眼，姗姗却还是一味地微笑，像是一种鼓励。“我感觉你比其他东方女孩更开朗，跟你也更聊得来，所以我想请求你一件事。”姗姗点了点头，尽量让自己看起来不紧张，心却怦怦地跳着。

只见 Anthony 稍许低了低头，从脖子上取下一条皮绳链子，链子上有个大大银色的“A”字金属链坠。姗姗知道，A 代表他的名字，姗姗微微低下了头，嘴角的笑意更深了。

他伸出手，将链子交到姗姗的手上，一脸郑重其事的样子。

“帮我把这条链子转交给小雨可以吗？我实在不知道怎么向她开口。”姗姗接住链子的手停在半空许久，突然意识到自己的失态，用力点了点头，再也没看 Anthony 一眼。

太阳渐渐失去了热力，耷拉着身子往下沉，将长凳上老人的影子在地上越拉越长，巴黎璀璨的夜即将来临。

2

姗姗和小雨是大学同学。因为都喜欢旅行，有假期的时候，两个随性的姑娘就会结伴世界各地到处跑。

今天是她俩在巴黎停留的最后一天，明天一早她们将飞往柏林。

这几天姗姗穿着那双刚买的灰色单鞋走遍了巴黎，新鞋子虽然好看但有些磨脚，于是换好裙装之后，姗姗还是决定蹬上从国内带来的凉拖解放自己的双脚。此时正好小雨也换好了衣服，随手拎起椅背上挂着的背包，她俩手挽手出了门。

这几天该逛的地方都逛完了，不确定这最后一天要去哪晃荡，姗姗有些踌躇地取出地图，和小雨站在街边商量着。

几分钟之后，毫无头绪的两个人决定求助路人。姗姗抬头环顾四周，早晨的马路上人很少，一个从对街横穿马路走来，背着画板的男生映入了她的眼帘。姗姗上前微笑着和他打起了招呼。“请问你是本地人吗？可以说英文吗？”

Anthony 看看这个身材娇小的东方女孩，笑着点点头。小雨也跟

La Alcazaba de Málaga: Tipos de

了过来，对 Anthony 颔首微笑。姗姗告诉 Anthony 她们想在附近逛逛，但不知道这周围有什么值得去的地方。

男生听完有些迟疑，他不是巴黎本地人，也不太确定她俩喜欢去些什么类型的场所，但自己正好约了同学到附近的卢森堡公园写生，于是这个热情的法国男生提议女孩们跟他一起去这座巴黎最大的公园转转。

“公园里有许多漂亮雕塑，”他指指自己背后的画板，“正好我也要去那画画。你们可以去看看自由女神像，它是美国纽约自由女神像的原型，只不过个头要小很多。”

正聊着，突然不远处一阵尖锐的刹车声将大家的视线拉到了马路中间一辆刚停稳的红色跑车上，车子的主人估计没注意亮着的红灯，临时压着斑马线刹住了车，幸好没撞到人。耸耸肩，Anthony 为心不在焉的巴黎人道歉：“真是不好意思，巴黎人开车就是这么随性。”随后又补充了一句：“你们过马路要小心一点。”

姗姗看了一眼小雨，对这个贴心的金发男生充满了好感。于是女孩们欣然同意了 Anthony 的提议，跟着他朝卢森堡公园走去。“你们听说过先贤祠吗？穿过卢森堡公园就可以看到它。许多名人长眠在那里，如果有兴趣也可以去看望一下伏尔泰他老人家，还有雨果、左拉、大仲马，都安躺在里面。”

三个年龄相仿的年轻人边走边聊，有说有笑。Anthony 告诉女孩们自己很想去北京，想去吃地道的老北京涮锅，然后再去看看长城。聊着聊着手机响了起来，Anthony 接通了电话。

姗姗趁机拉着小雨的手，偷偷和她咬起了耳朵：“你看到他的眼睫毛了吗？又长又密还带自然卷，说话的时候扑闪扑闪的，加上那双深邃的蓝灰色眼睛，好迷人！你听他讲法语的时候多好听……”小雨用手指狠狠在她脑门上一戳：“能不能有点出息！看看你的脸都红到脖子根了。”

“哈！我同学在公园里等急了。”Anthony 习惯性挑挑眉毛，嘴角露出了笑容，不由得加快了脚步。“我打赌是他女朋友！”小雨一脸坏笑，不怀好意地看着姗姗的眼睛调侃道。

卢森堡公园里，随处可见精美的雕塑，在一个手举面具的男孩雕塑旁，Anthony 扬起了手大声招呼着他的同学。只见一个坐在树荫里长凳子上的男生抬起了头，拿着画笔的右手停在了画板上。“我同学 Henry。”看到 Anthony 带来了两个女生，Henry 礼貌地起身跟她俩打招呼。

姗姗用手肘顶了顶小雨的手臂，脸上露出得意的微笑。谁说他有女朋友！

“这样好了，为了感谢你给我们正确的建议，今晚我们请你和你同学吃饭。”小雨诚挚地邀请，加上姗姗的附和，两个帅气的男生找不到理由拒绝，于是四个人约好下午 4 点钟在公园一侧卢森堡宫的大门口汇合。

然后，男生们背着画板走了。姗姗和小雨朝相反的方向开始了卢森堡公园及附近的半日游。一边走着，小雨还不忘一边调侃姗姗，但当她再次回头，却发现姗姗脸上的表情有些黯淡，像是一下提不起兴致。“你不会现在就开始想念他了吧？”小雨依然一脸坏笑。

姗姗心不在焉拿着一片落叶在手上摆弄着，半晌才抬起了低垂的眼帘。刚刚分开的时候，她不经意地一回头，分明看到 Anthony 牵起了 Henry 的手，紧紧地，十指相扣。

姗姗甩甩头，轻叹了一口气，也没什么大不了的，对小雨做了个鬼脸："我们还没吃到正宗的马卡龙吧？我好像饿了！"生活其实很简单，甜点，永远是世界上最治愈的美食。

3

姗姗和小雨是大学同学，关系非常好却总爱因为一些小事跟对方拌嘴。两个个性鲜明的姑娘都是非常有主见的主儿，每次吵架互不相让，但内心又互相欣赏着对方的真性情。说她俩相爱相杀一点都不为过。

上一次的柬埔寨之旅是小雨做的攻略，于是这次的巴黎之行理所当然就由姗姗来制定行程。今天早上姗姗睡晚了，免不了，这一对欢喜冤家又开始了一天的嘴战。套上昨晚就搁在椅背上的浅蓝色洋装，姗姗竟然忘了换上那双她爱不释手的灰色单鞋，蹬着一双小凉拖就出了门，等走出酒店好一阵才发现，索性也就不回去换了。

横亘在面前的一条大马路让姗姗有些不知所措，她拿出地图低头翻看着。比她高出半个头的小雨也凑过头来，并一边埋怨着："让你把攻略做详尽一点吧，就不至于现在需要站在马路上找地铁站了。""少废话！跟我走没错。"确定了方向，正好是绿灯，姗姗大踏步往前走，小雨只好快步跟在她身后。

突然身旁一阵车轮摩擦地面的尖锐响声，把只顾着拌嘴的两个姑娘吓了一大跳，没回过神来，两人都怔在了马路中间。

一辆红色跑车停在了姗姗身前，地面上赫然两道黑色的轮胎印子。不过还好刹车及时，幸免了一场车祸的发生。回过神来，小雨冲上前两大步，拉着姗姗的手上下打量，关切的眼神流露出满满的紧张，发现她没事这才长舒了一口气。车窗里的司机也被吓得够呛，赶忙伸出脑袋一个劲道歉。见没啥事，姗姗也不想追究，瞪了司机一眼，挽着小雨走了，但嘴角的轻笑出卖了她，对于小雨的紧张和关心，她看在眼里，内心感动不已。

一个金发男生背着画板从对街的巷子里走出来，刹车的巨响吸引了他的视线，可街道尽头十字路口发生的这一幕并没有让他放慢脚步，他要赶着去上课，不然又得挨教授的骂了。只短短一瞥，他又转过了头，穿过街道径直而去……

HOLD IN THE HANDS OF TIME

握在手中的时光

S

SPAIN

有些人不喜欢时间被浪费，于是将生活安排得一丝不苟、井然有序，力求每分每秒都过得有意义，内心安稳踏实。我却有拖沓的坏毛病，偶尔混沌迷糊，无所事事发发呆，内心隐约觉得不安，更多的是满满的喜乐与愉悦感。沉浸在平静祥和的时光里无法自拔。

旅途中经常可以偷到这样一些美好的时刻。有时，借着来回于两地之间的一段距离，我总是不爱选择太快的交通工具；有时，也会用等待作为借口，等人、等演出、等电影、等车、等航班 …… 难得可以心安理得拥有一段随意支配的时间，内心窃喜。

1

从瓦伦西亚出发，出了城不久，风景开始变得有趣。车子扬起的尘土中，一望无际荒芜萧瑟的砾石黄土地，对于长年生活在水乡的人来说，无形中有一种吸引力。巴士驰骋在公路上，两旁灰黄色松软的土地上，生长着一簇簇低矮的灌木，远方山丘裸露着顶部，植被稀疏，却唯独，大棵茂盛的橄榄树挺拔，一棵棵紧挨着，有时是有序的队列，有时却随意地聚集着。地中海沿岸，随处可见橄榄树，不管是南欧、巴尔干半岛、中东还是北非。但每每看到这些疏密有致的橄榄树，我都忍不住哼唱起那首旋律悠远伤怀的歌曲，记起三毛、荷西和他们的故事，末了发现眼眶开始湿润发热。

这几年到处行走，最常被问到的，是“你从哪里来”。我知道自己从哪里来，但总是不太确定家的方向。或许，我天生就不需要有家，那一个个匆匆驻足的驿站，就是安身之处。每一座陌生的城，在数日后变得熟悉，而再过数日离开，渐行渐远，它又在脑海中慢慢变模糊。那些人也是，从陌生到熟络再到疏离，再次想起，要好一阵恍惚。于是我试着将故事记录，希望借此可以挽住那一点点羸弱的记忆尾巴。

我没有乡愁，从来没有。那些散落一地无法纾解的，却像是生命中一段永远弹不对音的乐曲，有时是执拗，有时却是内心的焦躁与苦恼，因为找不到答案，所以挥之不去。那天的天空格外蓝，我却无故有些

S

SPAIN

黯然神伤，随着车窗外的风景陷入了沉思。

昏昏沉沉又在车上摇晃了许久，司机不知什么时候开始放起了音乐，耳边萦绕着听不懂的西班牙语歌曲，有时节奏欢快，有时旋律悠扬舒缓，虽算不上非常动听，却也不刺耳。有些疲惫了，眼皮开始慢慢往下沉。中间好几次有人上车下车，我完全没在意，因为我要去的地方是终点站格拉纳达。

恍惚中有人在大声询问着与格拉纳达有关的什么，我一个激灵睁开眼，转头看了下车窗外，没有半点城市的影子，车依然行驶在公路上，稍稍定了定神，目的地还未到。此时的车外，已不再是之前的荒凉。亮黄色、紫蓝色、乳白色的雏菊和深红色的虞美人在原野上肆无忌惮地生长着，越来越多的橄榄树林和米黄色的石头房子预示着渐渐靠近城市边缘。

前面似乎有个休息站，车上有人对着司机喊停，我赶紧拎起行李架上的大背包，随着他们一同下了车。实在不想错过原野、橄榄树与大片的野花，于是提前在城郊跳下了车。

在休息站的餐厅里小憩了一会儿，沁凉的冰汽水让心情渐渐舒爽了起来。走到室外，徐徐凉风吹拂着脸颊，蒲公英像一把把小小的白色降落伞，在阳光下盘旋高飞。休息站里的猫仿佛知道我的意图，走两步停一次，然后回头，看我是否跟上了它的步伐。跟着猫先生，我进到了附近的橄榄树林。林子里，树与树的间隙有两三米，树冠下，零星散布着杂草、麦子、虞美人和小雏菊，纤长的橄榄树叶把阳光剪成一地的碎片，在微风中集体跳着舞，美极了。猫先生知道自己的任务已经完成，高高翘起长尾巴，用头在橄榄树粗壮的树干上来回蹭了两下，最后一次妩媚回头，像在说再见，然后扬长而去。我挑了一棵较大的橄榄树，在它的阴影里一块平整的草地上，枕着背包躺了下来，居然挺舒服。多么难得，在地中海边的异国他乡，陌生的野外，我找到了一个如此安静的地方，只听得见风声、鸟鸣和远处公路上疾驰而过的车声。

这与我的世界离得那么遥远，仿佛不小心跳脱出了日常，来到了另一个平行空间里。透过橄榄枝的缝隙，隐约可以看到蓝色的天空。清劲的风赶着一朵朵雪白的云朵，像是一团团棉花在天上追逐小跑着。吸纳了阳光热力的青草地散发着淡淡的青涩味道，我伸手摘下旁边一簇虞美人的花朵，从未如此近距离赏玩这种谜一样的花。它长得极像罂粟花，却没有罂粟的毒性，如同蝉翼般薄透的红色花瓣，在点点光斑中反射出锦缎一样的光泽，绽放在极细的带着绒毛的花枝上，像是一只颤动着翅膀的红色蝴蝶，看得人入了迷。这样一个初夏的午后，在一片无人打扰的野地里，恍惚中，不太确定这一切究竟是不是真实的，或只是午休时做了一个关于伊甸园的美梦，让人依依不舍，不愿醒来……

S

SPAIN

CAFE CENTRAL

2

下午两点出头的维也纳，街头人来人往，有轨电车从马路上缓缓开过，带走了满车厢陌生人空洞的眼神和对彼此的漠不关心。

我坐在街头一家咖啡店里，品尝着一杯据说是最地道的维也纳咖啡，但它喝起来口感与普通咖啡并没什么太大区别，往咖啡杯里多加了一包黄糖，喜欢稍微甜一些的口感，因为甜味可以让人心情愉悦。

在咖啡店里消磨时间，等待着晚上附近金色大厅的一场音乐会，为了这场音乐会我难得换上了仅有的一件洋装，因此也就不乐意拖着白色的裙子在街上到处乱走了。这种时候，最好的方式就是找一家临街的咖啡店坐着，观察周遭的众生百态，或只是一味地放空思想，再或者，如果有想读的书也可以安安心心在这个时候读完它。

世界上许多城市都拥有属于自己的印象标签，维也纳也不例外。在我的记忆里，维也纳除了古典音乐、雅致生活，另外一个让我印象深刻的因素，是它老城里浓重的马尿骚味。那些影片中、照片里让人感觉高贵优雅的马车与穿着考究、戴着礼帽的马车夫们，从你身边经过的时候总是伴着非常浓烈刺鼻的味道。

每次走在维也纳的大街上，只要听见身后有清脆富节奏感的马蹄声由远而近，我都要赶快避让到一旁，目送马匹优雅的步伐以及马车上神采飞扬的游客的背影远去，再继续往前走。无可否认，这样的远观确实是优美而浪漫的。

就如同你坐在威尼斯纤巧轻盈的贡都拉船上，看着河道两旁美丽的房子，听着穿条纹水手服的船夫用意大利语为你唱着情歌，却需要屏住呼吸忍受河水与淤泥的臭味。我有时甚至在想，是不是从古至今，优雅与浪漫的背后，都必须用某种不为人知的隐忍来支撑，可能是身体上的，也可能是精神上的，某种折磨。

但不管怎样，我是喜欢维也纳的，就像我喜欢威尼斯一样。

街对面建造于 1861 年的维也纳国家歌剧院在阳光下就像一座圣殿一般，繁复、庄严、精致而华贵。这座闻名遐迩的世界级歌剧院浅绿色的拱顶看起来像是一个首饰盒盖子，而装盛在这个巨型首饰盒里的瑰宝，是多少人为之魂牵梦萦的一台台歌舞剧。

歌剧院周边的广场上、街道上，经常可以看到拿着当晚歌舞剧票子当街售卖的票贩，这些人非常有趣。全世界的票贩子都给人一种游手好闲的感觉，他们面对你的时候热情洋溢笑容可掬，可如果用尽推销之能事却没能打动你，当确定你并没有要买他的票子，一转身，他可以在 0.1 秒之内收起笑容。但无可否认他们都是最积极对待每一桩生意的好卖家，不放过每一个从身旁经过的潜在客户。从这一点上看，他们比那种坐在角落里行乞的人要上进得多。

我很怕与街角乞讨的人有任何眼神接触。我猜想他们也是如此，每次假如不小心眼神相交，他们都会快速闪避，面露尴尬神色。从来不知道如何回应这些黯淡的神情和闪烁的目光，还有他们那一朵朵如同花儿一样盛开在我面前的摊开的手掌。是假装没看见呢，还是就直接往他们手心里放两个硬币了事？总觉得他们还是有尊严的，只是都把尊严放得很低很低，不然何来的尴尬和难堪？

但如果这些乞讨的人有一技之长，那场面就瞬间扭转了。欧洲的街头，随处可见卖艺为生的人，这让人有种错觉，从你身边经过的，随便哪一个人都有可能是艺术家。这些街头艺人，有些身怀绝技，而有些可能在成为艺术家的道路上刚刚起步，技艺不太娴熟，仅此而已，没有本质上的区别。这个时候，你就可以大大方方将硬币放进他们用来装钱的容器里，他们也心安理得地接受。因为这是对他们表演的一种欣赏与相应的回报。

在咖啡店的左侧，正有一位街头艺人用小提琴演奏着一曲约翰·帕赫贝尔的《卡农》，旋律时而舒缓时而跳跃，搭配着和风丽日下雅致的维也纳街景，哪怕杯中寻常味道的咖啡，慢慢呷着也变得可口了起来。

THE FIRST TIME

第一次

人生若只如初见。

还记得第一次吃到香甜的糯米糍的样子吗?

还记得，第一次看到漫天飞雪，看到梦里的大海，攀上高峰俯瞰世界的感觉吗?

还记得第一眼见到爱人，内心的坚信与悸动吗?

还记得你的宝宝叫出第一声“妈妈”时，你有多感动、多自豪、多想拥抱整个世界吗?

人的一生,会遇到多少第一次,无从知晓。我们记得住的,却是不多。

在我的旅途中,也有许多第一次,好的坏的,难忘的艰辛的。第一次蹦极、深潜、玩滑翔伞,第一次被抢了包,丢了护照,第一次住在陌生人家里……有些事儿平平无奇,一笑了之,有些却不知道为何,被牢牢记下了点滴细节,内心时常惦念。

1

那是我第一次乘坐俄罗斯航空公司的班机,也是第一次去到莫斯科谢列蔑契娃机场。我的那次航程,终点站是慕尼黑,在莫斯科只是经停转机。

抵达谢列蔑契娃机场,已经是下午。排队入关,进入出发厅,背着装满了水壶、电脑、相机、镜头、三脚架、各类充电器和一些杂物的大背包,我在走不到头的出发厅内找到登机口,喘着粗气坐定,耗掉了大约一个小时。

因为是联程,后半段航程的登机牌是那天早上在上海机场事先换好的,我就那么笃定地在登机牌上指定的登机口懒懒地瘫坐开来,没有觉察到任何不妥,也完全没意识到需要去大屏幕上确认登记口是否有变动。之后的经验告诉我,联程机票在始发站换好的登机牌,后面一段航程的登机口甚至登机时间随时都可能变动,必须再次确认。

从小,我的数学成绩都是所有成绩里最差的。长大之后,每次出国算时差总让我晕头转向,假如在一天之内经过两个不同时区,需要算两次以上的时差，毋庸置疑，我就只能举双手投降了。在莫斯科机场的那一次，因为没有连上机场无线网络，我的手机重新开机时依然是北京时间。然后，我就把俄罗斯时间算成了德国时间。晚上 19:30 起飞的班机，心算着，断定时间充裕。

一个错误，被纠正的几率假如是百分之五十，那两个错误同时叠加在一起，被纠正的几率或许就不大了。

当我气定神闲在错误的登记口恍惚梦游的时候，我的飞机已经悄无声息地弃我而去。等我缓过神来，看着机场落地窗外渐渐拉下的夜幕，感觉有些不对劲了。寻到不远处的一面挂钟，时钟显示 21:15，第一反应是，钟坏了。

好不容易找到问询台，出示了登机牌一番解释之后，柜台后面的俄罗斯美女地勤人员用她那一对凤眼狠狠瞪了我一眼，满脸不屑地拨了一通电话核实情况，继而漠然抛给我一句话：“今天没有飞慕尼黑的航班了，明天早上最早的一班是 7:15 的航班，换吗？”无奈之下，我只好点头。高冷美女面无表情地从打印机里为我重新打印了一张登机牌，往柜台上一丢，转头做起了其他事情，再也没理我。

就这样，怏怏地，我被迫第一次尝试了在机场过夜。

夜越来越深，机场里的人也越来越少。偌大的机场候机厅里，只剩下我和十几米开外的另一位乘客。对于这样的第一次，我有些懊恼，有些无奈，又忍不住有些兴奋。

谢列蔑契娃机场候机厅里没有联排的座椅，每个座位上，金属扶手生硬地卡在座位与座位之间，要么你躺在冰冷的地板上睡觉，要么就必须坐着睡。大件行李随着抛弃我的那架飞机已经先行一步抵达了

26

慕尼黑，当时身旁的背包里，唯一一条可供取暖的大围巾被我紧紧裹在身上。那一整个晚上，抱着膝窝在座位里，合着时断时续的夜班机登机广播，我迷迷糊糊睡着了。战斗民族一贯豪气，不吝啬将冷气温度打到最低，夜里人少，若不是随身的那条尼泊尔羊毛大围巾，一整晚我绝对有被冻僵在座椅上的可能。

那注定是一个难忘且难熬的夜晚。那一夜，我做了无数个奇奇怪怪的梦，梦见自己在荒野中行走，不慎掉进了冰窟里，也梦见了家里那张大大的、舒适的沙发床和我的两只虎斑猫。

也不知道睡了多久，半梦半醒之间感觉到了周遭越来越嘈杂的人声。当我拉下裹在头上的大围巾的那一瞬间，眼前的景致将我牢牢震撼住了。

不知何时，天已经开始缓缓亮了起来。我睡眼惺忪环顾了一遍四周，周遭所有人正渐渐停下进行中的各种动作，定定地面朝着室外。那就像是，无意中大家集体撞见了一次隐秘的盛事，然后都屏住了呼吸，被摄去了魂魄。远处，机场跑道的尽头是一片树林，树林背后，层层叠叠如同棉花般的云朵铺展开来，霞光将云朵染成鲜红、橙黄、艳金，深的浅的暖色系，配上天空原本深邃的宝蓝色与釉青色，整个世界好似跌进了一个调色盘里，浓墨重彩！经过云朵瑰丽华美的一番表演铺垫之后，一轮又圆又硕大的红日才肯慢慢从地平线上蹦出，踩着树枝轻轻往上爬。接着，万物慢慢苏醒过来，天空越来越敞亮。云朵、微风，甚至躺在跑道上的那些飞机，伴着万丈光芒，仿佛都在空气中笑了、跳了、雀跃了。

那是一个全新的、充满希望的世界。它嗡地一声突然涌现在面前，

M.L.Kingweg
301

似乎还伴着欢呼声与喝彩声。这种焕发着蓬勃生机的喜悦，是我以前从未感受过的，在一个困顿难熬的黑夜之后，倏然出现在我面前，让人猝不及防，心怀感激。

这才发现，不是每个不堪的意外都伴随着阴云密布与愁眉不展。

2

我从阿姆斯特丹市区坐上 301 路公车，为的是到大约一个小时车程以外的 De Rijp 小镇，与生活在那里的朋友见面。大城市边缘的一些小村落总是特别引人入胜，所以我拒绝了朋友进城相会的提议，独自去往乡下找她。据说那里有一座收藏品博物馆改造的酒店、一座小天主教教堂和周末在市政厅广场上的一个小小旧物市集。

车渐渐开出城市，驰骋在田野中的一条公路上，田野上点缀着牛羊，时而还有马匹。偶尔经过一两座小镇，匆忙一瞥热闹的街心广场或细长的街道，随即离开。天湛蓝澄澈得像一颗巨大的、沾着几块白色棉花的蓝宝石。公路边一条运河时而陪伴身旁，时而又躲进树丛中去。有时，河岸边凭空被镶上了几栋小巧的房子，映着河里的倒影，构成一幅上下对称的画作，让人不禁赞叹上帝这信手拈来却无可挑剔的一笔。

我不禁想着，假如就这么恬淡娴静地在乡野之间过着似水一般的生活，也不错。每天游离在旷荡的绿野中，与牛马为伴。靠着遁世的这一点点信念支撑着，却不敢离着俗世太远，等哪天厌倦了，再回到喧嚣中，在压力下感知自己仍活着，被别人需要着。可终究，还是有一天会老去，失去所爱的人，对着天大地大的苍茫感叹无处容身，每个人的灵魂都是孤独的，顿时哀伤爬上心头。

正当我随着车身的晃动胡思乱想时，车停了站。数分钟前刚看过手机实时地图，显示目的地还没到。于是我继续坐着，心里却不免有些纳闷，大早上的，原本半车的乘客怎么不知不觉就都下了车，剩下我一人了呢？而且这一站停站的时间怎么这么久？

正嘀咕着，司机在前面用荷兰语大声说了句什么，回头见我没反应，才又用英文告诉我：下车，换车。

恍然大悟。原来荷兰也有区间车，这车不开到底站，我必须下车，站在原地再等一辆 301。好吧，我跳下了车，默默看着它呼啸一声扬长而去。

我决定不让自己忘记这一站和这个叫 M.L.Kingweg 的地名。从口袋里掏出手机，先对着公车站牌拍了张照片，再给等着我的朋友发了条信息说明了情况。晴好的天气，阳光洒在身上暖暖的，突然就为这无意间捡到的一小段美好时光窃喜了起来。

路边有块微微倾斜向下的草坪，草坪连接着马路与旁边的一条小河，不远处的河面上卧着一座小小石桥，石桥又连接着草坪与小河对岸的一个园子。我瘫坐在草坪上，从包里拿出一袋巧克力糖，打开放了一颗在口中，感受着彩色糖衣在舌尖上慢慢化开，从蔗糖的甜味到巧克力的甘醇的转变，一颗一颗、一遍一遍，慢慢地重复着，像小时候一样。

反正时间不受我控制，索性戴上耳机躺了下来。我想，一会儿公车上也不会有人在意，我身上头发上那些没有完全拍落的草屑是不是让我看起来像一只刚刚在草地上打过滚的大狗。迎着熠熠的太阳，微风轻轻拂在脸上，治愈了之前所有该有不该有的烦恼与不快。

河对岸草丛中有几只不知名的水禽在争着食，其中一只远离了战场，迈向河里，它慢慢游了过来，由远而近经过我面前，就这样与水波缱绻着，悠然自得却高傲得像个贵族。突然它低头发现了什么，嗖一下一头扎进了水中，再浮出水面的时候嘴里叼着一条小鱼。

每个人际遇不同。不争抢，不代表消极懒惰。上错车，却收获了满满的喜悦。有时看似错过了一些，但还有另一些在前方等着你。

这是第一次，半路被赶下车，心情却如此愉快。

THE GERMANS IN MY EYES

我眼中的德国人

我有两个意大利朋友，说起德国人都一脸鄙夷。也难怪，意大利人觉得整个欧洲大陆艺术、文化的发源地都在意大利，但如今德国却成了欧洲的“大佬”，而意大利沦为“金猪四国”（PIGS）的其中一员，内心万分不平。

我对德国人的印象却一直非常良好。德国人严谨、细致，偶尔会有些刻板执拗，但他们也都是热心人，在你碰到难题的时候会伸出援手，不计任何回报。有时，他们的浪漫及幽默感，不亚于法国人与意大利人。

那么，就来讲三两个有关德国人的故事，关于我在路上遇到的那些德国人。

1

那天清晨我从罗腾堡的旅馆起身，赶早班火车的时候，天还没有完全亮透。幸好火车站离住的地方不远，等终于上了火车放好行李，脱下大衣坐到位子上之后，我的头开始剧烈地痛起来，也许是感冒所致，也许是睡眠不足，总之整个人没精打采的。

火车缓缓开出了站台，一对刚刚赶上火车的夫妇从车厢另一头走了过来，没有大件行李，只各自背了个背包。夫妇两个看上去五十岁出头，在狭窄的过道中手牵着手。微微发胖的太太穿着米色的外套和深蓝色牛仔裤，满脸堆笑。先生穿了件深红色的短小西装上衣，那种你经常可以在时尚杂志上看到的、男模爱穿的休闲小西服，底下再配一条艳黄色紧身裤子，而他短短的寸头，被染成了鲜艳的橘红色，胡子却是本来的棕色，但好歹全身上下还都算是一个色系。且不论好看与否，看起来还不算太突兀。看了看我斜对面空着的两个座位和旁边的号码牌，他们并排坐了下来。

车窗外雾气腾腾，太阳还没有爬起来，火车从罗腾堡市区开出之后，径直冲进了一片绿色的原野，像极了电影《寂静岭》片尾的场景。此刻原野上空无一人，在雾气偶尔被吹散的时候，可以看得到不远处矗立在草丛中间零零落落的树木。想着如果这时能打开车窗，窗外的空气定是非常清新的，但在十月底深秋时节，也定是格外冷冽的。

乘务员查完票之后，车厢里的气氛凝滞。早起的人们统统昏昏沉沉打不起精神来，耳边唯一能听到的是隔在车身之外，火车行驶时与铁轨摩擦的声响，这样有节律的轰隆声如同催眠曲，催人欲睡。

头痛加上浓浓的困意让我的眼睑慢慢耷拉了下来。却在此时，对面红橙色的老先生手臂上一个大动作将马上要征服我的睡虫及时赶走了。只见他夸张地举起手臂，握紧着的拳头朝自己太太向着车窗外的脸蛋挥了过去。我的内心一下收紧！可就在拳头离太太脸颊顶多一厘米距离的时候，他及时刹住了手。

太太并未把头扭转过来，她的脸依然朝着车窗外，但脸上的笑容

却瞬间加深了。她只是小声地用德语骂了句“混蛋”，同时用右手略显娇嗔地拍了一下先生的手臂，然后这对半老的夫妻就这么陆续上演着一来一去戏谑玩耍的戏码，无声地你打一下我，我掐一下你，脸上挂着深深的笑容与对彼此的宠溺，如同一对热恋中的年轻情侣。看得出他俩一定经常这么“胡闹”。我身边经常有结婚很多年的朋友，抱怨夫妻生活越来越无趣，严谨的德国人却在一个无聊而昏昏欲睡的早晨给我上了一课。平淡的生活，不正需要这样看似无足轻重却能为生活增添趣味的一些调味剂吗？之前是谁说德国人不够浪漫有趣的？

无意中一回头，发现邻座的人们也像我一样被这对调皮夫妻的好情绪感染，嘴角偷偷挂上了笑容。

2

另一个故事发生在德国北部城市不来梅一家自助面包店中。

那天早上我从入住的青年旅舍出来，走进附近一家面包店，打算买份早餐。当我拿着托盘挑好两个果酱包之后，在付款的柜台前排起了队。

店里的顾客不多，排在队伍最前面的是一位头发花白的老太太。老太太的身后，两个小声说着话的小朋友一前一后站着，大一点的小女孩六七岁，小的是个看上去只有三四岁的小男孩。小男孩很懂事，小小的手臂托着大大的托盘，上面放着一份三明治、两个德国特有的椒盐 8 字形卷饼，还有一个火腿面包，而姐姐手里只拿着几张纸币，一边数着一边在弟弟耳边小声用德语说着什么。

排在队伍最前面的老太太慢条斯理地从口袋里摸出老花眼镜，拿出钱包付着钱，收银员也不疾不徐。我百无聊赖地等着，知道这一老两小的队伍一时半会儿轮不到我。

旁边售卖咖啡的柜台前等着一个中年男人，咖啡机里刚刚冲泡出来的咖啡香气馥郁，远远盖过了手中面包的香味。我是一个对咖啡非常敏感的人，除非夜里赶稿，不然几乎不敢碰咖啡，因为咖啡因会让我长久无法入眠。闻着别人的咖啡香，甚至不用喝都感觉神清气爽了许多。

正当我陶醉在咖啡的香味中的时候，面前突然咣当一声巨响，吓了我一跳。排在我前面的小家伙，一不小心将手中的托盘打翻了。此时我面前的地板上一片狼藉，托盘在不远处的地上反盖着，面包躺了一地，三明治也从塑料包装纸里露出了大半个身子躺在地上，而两个小朋友，一脸惊慌失措的样子愣在一边。

旁边咖啡柜台前的中年男人闻声转过了身子，显然他是小朋友们的父亲。只见他面无表情地看着姐弟俩，眼神非常犀利，却并不嗔怒，他就这样如同教官一般站立着，一言不发盯着两个孩子。此时姐姐已经慌乱得语无伦次，看着爸爸不怒而威的脸一个劲申辩说："不关我的事，是他打翻的。"她的手指着弟弟。

委屈的小男孩左手揉揉自己金黄色的头发，右手不住扭拽着白色T恤的一角，撅着小嘴，眼神闪烁。扭捏了一会，小男孩默默蹲下了身子，拾掇起了最靠近自己的那份三明治。

姐姐见状，赶紧将托盘从地上捡了起来，翻转托盘走到弟弟身边放下，把散落四周的面包全部放回托盘的同时，还不忘用小手抹抹面包上的灰。就这样一来一回，两个小朋友又托起了放满面包的托盘，继续排起了队。父亲也在他们做这一连串动作的同时，买好了咖啡走了过来。但自始至终，这位父亲一言未发，就这么眼睁睁看着两个这么小的孩子独立处理了一场小意外和彼此之间的小纷争。

我默默观看完这一切，这个早晨小小的插曲，从一个侧面反映了德国人对孩子的教育方式。不禁心想，这种情况如果切换到国内，发生在中国的父母与孩子身上，会是怎样一种截然不同的反应。

3

德国人的严谨，有时让人又爱又恨。

又是一个早起赶火车的清晨。那天在德国南部楚格峰脚下一座名为加米施帕滕基兴的小镇，我从住宿的旅馆里退房出来，拖着小小的行李箱，打算步行至附近火车站乘坐 9：55 从小镇到慕尼黑的火车。

从家庭旅馆走出门，我依依不舍地回头再看一眼住了好几天的这座小房子，房子二楼有一个视野绝佳的小阳台，让我至今念念不忘。下意识看了一下手表，9 点刚过。沿着门口的大街走到火车站大概需要 20 分钟，时间充裕。

初冬，这座度假小镇的街道上还未被十二月底赶来楚格峰滑雪的游客填满，此刻的街上行人不多，空气非常清新。远处楚格峰积雪的峰顶隽美清朗，初升的太阳将金色的阳光洒在它身上，连绵的山峰看上去如同守护着小镇、面容清逸的卫士。

晃晃悠悠走着，倏然街角一家手作店吸引了我的目光。对于一些

当地的传统手工艺品，我的抵抗力最薄弱，此时洞开的大门像是在对我招手，我忍不住走近了它。

正当我打算跨进店门的时候，柜台后的店老板赫然阻止了我。原来，这家店的营业时间从早上 9:30 开始，而此时离营业时间还差 20 分钟左右。我开始踌躇，如果等到小店开门营业再进去挑选心仪的物品，有可能会赶不上 9:55 的火车；但如果转身离开，橱窗里那些朴拙的铜质铃铛与用柚木精心雕琢的小物件充满了浓浓的巴伐利亚乡村气息，却是那么的诱人。

我心存一丝侥幸，开始与老板讨价还价，希望他可以让我先进店里，把想要的物品挑好，等营业时间一到立刻结账，这样至少可以多争取到一点时间。老板听了我的提议，再看看我手里火车票上的开车时间，显出了一脸的为难。

只见他紧锁眉头，思考了几秒钟之后再次抬头，眼神里满是真诚和歉意："非常抱歉，我这家店开了近 30 年，从来都是每天 9:30 正式营业，这是店里的原则，不能被破坏。"他的英语带着浓重的德国口音，言语之间却十分的恳切："感谢你这么喜爱我的作品。如果你愿意，我可以帮你打电话叫一部出租车，让你在挑选好东西之后不至于错过你的火车。"

于是，最终的结果，我在 9：30 踩着点进了他的店，挑了七八件让人爱不释手的手工艺品，出租车也及时出现在店门口，将我送到了火车站赶上了那趟火车。

有什么办法！我面对的是全世界最严谨的德国人。

THE STORY OF THOSE LITTLE THINGS

关于那些小物的故事

我特别喜欢逛市集和跳蚤市场，倒不是纯粹为了淘宝。有时只是看看那些具有年代感的物件，把玩它们的同时，听店主告诉你关于它们的小故事，感受这些被赋予了灵魂的小物件，是一个个活灵活现的生命，而不只是冷冰冰的摆设。其中充满了乐趣。

归根究底，每个人或多或少都有窥探欲，总是喜欢听别人讲故事，有时是在广场上与人们攀谈，有时则是在市集中和店家唠嗑，总之，

L

LYON

以这种较为温和的方式能打探到许多故事，这让我乐此不疲。

1

有天早晨无事，我从白苹果广场附近的酒店出来，在旁边早早开门营业的咖啡店里喝了杯热巧克力暖了暖身子，小坐了片刻，决定往索恩河方向走，逛逛里昂老城。

正巧是周日，河边一溜市集在微凉的春日早上让人心情愉悦。市集不算太热闹，有卖鲜花的，也有一些蔬果和农副产品。爱吃甜食的人，看到这里摊主自家手工制作的面包及糕点决计会雀跃不已，新鲜出炉的蔓越莓派香气馥郁，那一层水灵灵的红色果酱让人垂涎欲滴。

见你走过，每个摊位的摊主都热络地与你打招呼，你只须回以微笑就好。有时他们会让你品尝那些美味的小点心、香肠或是给你一小杯新酿制的果酒，然后问你味道是不是很棒，这时你应该用力点头，他们便心满意足，满脸荣耀。

就这样慢悠悠沿着索恩河岸逛下去，走累了，坐到宽厚的河堤上歇一歇，河对岸的圣母院及大教堂在阳光下兀自对着河水发呆，无奈河水潺潺，搅碎了它们的影子。

市集的尽头连着一片跳蚤市场，相较于农贸产品，跳蚤市场中有趣的二手物品更得我心。一个出售二手明信片的摊位深深吸引了我。翻看着那些褪色的、年代久远的明信片，它们中有些是未被使用过的，有些则被寄出过，贴着邮票盖着邮戳，明信片背面写满了好看的手写体或花体文字。摊子上一箱一箱装得满满的明信片，成千上万，我就

AUX TROIS MARIES
RESTAURANT AUX TROIS MARIES
PLACE
BALEINE

这么翻看着，陶醉在一堆看不太懂的法文中，一发不可收拾。

老板也不催促，自顾自喝着手中的早餐咖啡，只在一开始我刚走近的时候舒展开满脸的皱纹，抛给我一个友善的微笑，之后便埋下头翻看起了一本厚重的精装书籍。许是习惯了看到在这成堆卡片中淘宝的人们，知道这定是需要很长时间很多耐心才能成就的一笔买卖，何况这几欧元一张的明信片也算不得什么大买卖，便气定神闲忙起了自己的事情。

一箱箱卡片被码好了顺序，用类似书立的薄塑料板隔开，再贴上标签，标签上标注着地名。每一个长条形的箱子上都有价格，从一欧元到十几欧元不等。也不知道店家是用什么来衡量这些卡片的价值，是图画的精美程度，文字描述的繁复程度，或是邮戳的稀有程度？但显然，没被使用过、只有图片没写文字的空白卡片价值最低。

这些有趣的卡片让人很快陶醉其间，随手翻到一张，卡片上甚至还印有几张人物照，能在明信片上印上自己的照片，这在当时算得上是很不一般的工艺吧。卡片上写着：Nanter 1906 年 10 月 4 日。这是一张 110 岁高龄的明信片。

1906 年，那时欧洲还未经历两次世界大战，整个法国正处在铁路和工业发展的鼎盛时期，虽然国家政府与教会之间纷争不断，法国国内反教权运动此起彼伏，但法国西部最大的这座城市，卢瓦尔河边的南特，还未被德军占领，也还没有遭受英国人炮火的轰炸。整个城市在当时应该相对祥和安逸，充满着盎然的生机。

我的法文水平非常有限，只能看懂一小部分内容。明信片应该是一位中年妇女写给一个叫 Marcelle 的女孩的，妇女大抵是 Marcelle

的婶婶。也不知道什么原因，明信片中提到，Marcelle 的叔叔如果没有及时离开故土的话，他应该已经被遗弃在南特了。当我正猜测她的叔叔到底遭遇了什么事情的时候，这位婶婶又加了一句，不过他应该会自己打发时间的。可见，叔叔不是真的被遗弃，而只是没能跟婶婶一起出发去往其他地方。

婶婶又说，你会从这张明信片上发现一个长得和你很像的小女孩，她的年纪与你的小表妹相仿。明信片上印着三张不太清晰的照片，其中两张，是一个站立着的胖嘟嘟的小女孩。第一张里的小女孩应该刚刚学会走路；另一张显然她已经有两三岁大了，脸上挂着纯真的微笑，右手举在半空，似乎是对着镜头在打招呼。

第三张照片里，一位穿着深色裙装的妇人坐在一栋白色房子的窗台下，手中抱着前两张照片中那个憨态可掬的小女孩。妇人挽着发髻，深深的笑容极具感染力；坐在她大腿上穿着小白裙的孩子笑成了一朵花，一双胖乎乎的小手在胸前拍打着，我甚至都能感受到照片中她如同银铃般稚嫩的欢笑声。温馨的画面让人心情愉悦，我情不自禁地扬起了嘴角。

这样承载着点滴回忆、美好而温情的私人物品，不是应该安躺在珍贵的桃木盒子内，或被收藏于相册里吗？为何它会流落到了二手市集中？这张明信片到底经历过什么？是被 Marcelle 或她的儿孙后代在若干年后当做废品处理掉了？或是它从一开始就没能抵达 Marcelle 的手里，在当时略显动荡的反教权运动中颠沛流离？又或者，它在 1914 年夏天，第一次世界大战开始肆虐欧洲的时候就经受了战火？这些，已经无从考证。

小心翼翼，我将卡片放回了纸箱里。这些躺在这里的卡片，对我来说，就像无意中在一个宝库里发现了闪闪发亮的一堆珍宝。斑驳的磨痕是岁月烙刻在它们身上的印迹，它们见识过城市的辉煌与衰落，它们紧紧揣着一个个大大小小、属于自己的故事。

2

苏黎世利马特河畔的一个市集里，我结识了一位法国老妇人。她每周日都会固定到这个市集中摆摊，售卖自己闲置的一些饰品。我那天碰到她的时候，她一身优雅黑裙，领口的荷叶边让她看起来更加绰约多姿，一对温和的眼眸像是可以洞察世间种种，鼻梁上驾着一副玳瑁纹眼镜，最特别的是她一头暗红色的短发与头上戴着的一顶宽沿黑色礼帽，有如刚从某个盛大的派对中走出来。老妇人十分健谈，她与我闲聊了起来。她出生在法国南部小城马赛，1967 年嫁到了苏黎世之后，就一直生活在这座瑞士最大的城市里。

在她小小的玻璃橱柜中，有一枚镶嵌着紫红色宝石的胸针引起了我的注意。见我喜欢，她将胸针取出递到我的手里。仔细端详，这枚巴洛克皇冠十字架形胸针上圆下尖，有点像一根短小的金色魔法棒，古典的造型加上胸针正中一颗硕大的紫红色宝石，周围一圈闪闪的小碎钻，让人爱不释手。

“好美的一枚胸针！”我由衷地赞叹道。

“是啊，它让我在婚礼上抢尽了众人的目光。”看我一脸期待的表情，妇人娓娓讲述起了 1967 年，属于她的那个不算盛大却让人难忘的婚礼。

GERARDMER
EPINAL
HAUTE VIENNE 87
LIMOGES
84
VALREAS
ORANGE

FRANCE
CARTES POSTALES ANCIENNES
MONDE TOUS PAYS
GIRONDE
LOIRE
GARD
LANDES
JURA
MEUSE
TOUL
MAYENNE
MARNE
EPERNAY
CALAIS
ORNE
SAVOIE

她 17 岁的时候，于一次朋友的聚会中遇见了后来成为她先生的一个男孩。男孩来自瑞士，是一家钟表店的学徒。热情奔放的法国女孩第一眼就爱上了这个风度翩翩、彬彬有礼的瑞士男子。可她出身世家，父亲坚决不同意自己的女儿和一个什么都没有的学徒交往，这让这对热恋中的年轻情侣十分苦恼。他们苦苦争取了将近一年的时间，男孩的真情终于打动了女孩的母亲。可父亲仍旧不愿接受他，并厉言训斥女儿，如果一定要跟这个男孩在一起，胆敢走出这个家门，以后就不要再回来。

黯然神伤的小情侣在一个冬天的夜晚离开了马赛，到了男孩的家乡苏黎世。既然勇敢地选择了在一起，理所当然，两人开始准备起了婚礼。但男孩微薄的工资无法给她一个所有女生梦寐以求的盛大而梦幻的婚礼，可女孩不在乎，她只想要一条白纱长裙。

1967 年的夏天，这对深爱着对方的苦命鸳鸯终于如愿以偿在苏黎世举办了属于自己的婚礼。女孩穿上了男孩从二手店里买来的一条雪白纱裙，而最引人注目的，是她胸前一枚镶嵌着紫红色宝石的胸针。这是妈妈在她离开马赛的前一晚交到她手里的。妈妈眼含着泪，深深吻着她的额头，她们都了解，这一吻之后，不知道何时再能相见。

女孩全身上下最贵重的东西，就是这枚胸针。虽然妈妈未能亲临她的婚礼为她送上祝福，但这枚胸针里包含的，又岂止是祝福，它满满蕴含着一位母亲对女儿全部的爱与期许。

“如此贵重而富有意义的物品，你怎么舍得将它出售？”我十分不解。

“你觉得，如果我把它一直深锁在首饰盒里，它会比现在开心吗？”

妇人眼里闪着寓意深长的笑，“它就像一个美丽的女孩，这样每周出来晒晒太阳，让钟意的人将它捧在手心里，不是更好？”

也是。在那个和风丽日的午后，至少又多了一个人为这枚胸针的故事而动容。或许店家也不是真想将这枚价格不菲的胸针售出，她喜欢的，是一遍一遍咀嚼回忆那些逝去的、美好的时光，缅怀那个年轻的、优美的自己。

ZIRKUS DES HORRORS
DIE NEUE SHOW-SENSATION
INQUISITION
10. MÄRZ
BERLIN
Shows: Täglich 19.30 Uhr
24. APRIL

ЛЮБВИ

3

在柏林旅行的那段时间里，我最爱在每个周末，去逛散落在城市各个角落里的那些跳蚤市场。柏林的跳蚤市场中，可以淘到极具东德色彩的画册、苏联勋章、邮票、卡片，也可以找到许多在第一次和第二次世界大战期间幸免于难的物品，从大件的家具、唱机、灯饰、打字机、版画，到女生喜欢的古着衣饰，再到唱片、相机、望远镜、咖啡机、烛台、金属器皿、玻璃制品等，应有尽有。

我十分喜欢柏林，比起其他欧洲城市，它是一座拥有独特标签、辨识度极高的城市。既充满了活力，丰富多彩而创意十足，同时又拥有着一段不堪回首的历史。柏林的上空，在东西德分裂时期，曾经被怎样的一种白色恐怖笼罩着。

德国与其他欧洲国家的区别在于，它不仅在两次世界大战中遍体鳞伤，战争结束后它仍旧没能逃出厄运。

第二次世界大战后，这个国家被击败它的美、英、法、苏联四个主要盟国瓜分占领了；而柏林，作为特殊单位由这四个国家共同托管。由于理念上的差异，两大阵营间的诡计与较量最终导致德国东西分裂，形成了两个国家——德意志联邦共和国和德意志民主共和国，它们逐渐成为各自阵营中生产力最强的国家。然而东德经济上的问题以及制度的差异导致越来越多的人逃离它去往西德生活。1961 年，民主德国在东西柏林边界自己的那一侧修建了柏林墙，以阻止人口大量流失，使得冷战达到了巅峰。

柏林是矛盾的、极端的，充斥着对立面，各种冲撞不断；自从

PREMIUM BANANAS
BONITA

1989 年柏林墙被推倒之后，它逐渐变得开放、包容而多元化。同样，柏林的跳蚤市场，也是包容而多样的，你可以随意掏到任何你想要的东西。

那天在柏林历史最悠久的六月十七大街跳蚤市场里，我如痴如醉地逛着一个个摊位。在一个卖古董灯具的摊位前，被一盏简约的包豪斯风格台灯吸引了视线。我一直比较钟情于北欧的极简设计风格和一些工业元素突出的室内装饰品，粗犷朴拙的物件与单一色调空间的结合，总能碰撞出火花。而这盏台灯，正是我最喜欢的这类风格，它有一个非常复古的灰绿色烤瓷面喷漆灯罩，连接圆弧型灯罩与底座的，是一根细细的灯柱，就这么简简单单却设计感十足。看得出这盏灯有一定的年岁，仔细打量，优美的弧线形灯罩上，有一处小小的凹痕。

我问了价格，用右手食指轻轻抚摸着那个凹痕，有些惋惜于它的小瑕疵。台灯的价格合理，如果拆装一下，体量也不算太大，我可以不费吹灰之力把它带回国，可让我踌躇的是它不够完美。

“它比我还老，你不能苛求它身上没有一点岁月的痕迹。那个凹痕是它的勋章。”满头灰白头发的店主笑容可掬，不疾不徐地为我讲述这盏台灯的身世。

在店主还是个小男孩的时候，他们住在德国东部的德累斯顿，从他记事起，这盏台灯就一直在他父亲的书桌上陪伴着父亲夜读。

“你听说过德累斯顿大轰炸吗？”之前挂在他脸上的笑容慢慢隐没，取而代之的，是眼神中的空洞、幽晦与淡淡的哀伤。

我当然知道德累斯顿大轰炸。我绝不是纳粹拥护者，站在一座座集中营前面，我对第二次世界大战期间纳粹灭绝人性的暴戾行径深恶痛绝；但对于盟军对德累斯顿动机不纯、惨绝人寰的那次轰炸，却也不敢苟同。那是一个悲剧，直至今日，德累斯顿大轰炸依然被认为是第二次世界大战历史上最受争议的事件。

“1945 年 2 月 13 日，那天是星期二。本来那天是 Fasching，我们的狂欢节。可科涅夫在之前攻破了德军防线，从喀尔巴阡山一带打入德国，成千上万的难民涌到了德累斯顿，街上满满当当全是拖着箱子带着家人的难民，所以，没有人再有心情狂欢。”停顿了片刻，他将眼神拉回，盯着我手上忘记放回原处的台灯。

“那天我和父母还有几个兄妹，一大早启程去了莱比锡我们的外婆家。正是这样，我们一家才幸免于难。第二天当我们得知自己的城市遭受大规模轰炸，整座城市几乎付之一炬、体无完肤的时候，我们的心碎了！我和家人虽然都没说出口，但每一个人心里都清楚，我们的家，我们的朋友和邻居，在如雨的燃烧弹中，那样的高温下，肯定都无法逃脱厄运。”

突然听到这样一个久远而悲怆的故事，我有些不知所措，不知道是该安慰他，还是只是默然不语让他更好受一些。我从来笨拙得不知用什么姿态去回应别人惨痛的经历与诉说，空气有一刻变得凝滞。

沉默了一会儿，看出我的手足无措，店主清了清嗓子，让气氛变得尴尬并不是他的本意。“后来轰炸结束后，我们艰难地在一堆断壁残垣中辨认出了自己的家，开始搜寻一些还能用的家当。可大部分东西都被烧毁或砸坏了，只剩下少数的家具可以拾掇。而这盏台灯，居然从书桌上掉下来之后，被一床沾湿了污水的被褥盖在了下面，被子烧黑了，它却侥幸没被烧毁，不过，它还是在掉落的时候让自己受了点小伤。”

故事讲完，我依然保持着怀揣台灯的姿势，但此时，我却再也不愿意把它放回原处了。

付完钱，我有些迟疑地想对这位老者说点什么，僵了一会儿，还是他先伸出了手。握了握他苍老却非常温暖的手掌，我郑重地对他说了声谢谢。

U
ZÜGE IN DAS LEBEN
ZÜGE IN DEN TOD
1938 - 1945
TRAINS TO LIFE
TRAINS TO DEATH

HOME

一瓦遮头的“家”

这些年的旅行生涯中，我住过形形色色的旅馆，其中有环境优雅的、漂亮精致的、简洁舒适的、拥挤嘈杂的、独具特色的，甚至是简陋破败的……我对住宿的要求不算高，安全、干净即可，如果能遇到个位于市中心位置却又不喧闹的旅馆，就已经心满意足。

有时在一个地方待久了，难免就产生了依恋感。对于像我这样四海为家的人，更应该不执着也不留恋，在别人苦心经营许久的“家”

里暂住些时日，看着别人每日为这个家打扫、布置，让我安享每一夜的恬静，到了该走的时候就转身离开。可内心却总是做不到如同堡垒一般严丝合缝不被侵入，有时是屋里的那些人，有时是花草、风景和那些故事，总是能让人在记忆中偶尔拈起把玩许久，默默惦记。

印象较深的，倒是几家中东国家的旅馆。比如伊朗，辗转在细长蜿蜒的土巷子里，仿佛不小心撞入迷宫。头顶上瘦长的风塔高高屹立，泥巴合着干稻草砌成的墙面粗糙割手，脑海里无端浮现儿时听过的童话故事片段，以至于在每个分岔路口都充满好奇，想要一探究竟，忘了肩上背包的沉沉重量。一个转弯，以为是谁家虚掩着的侧门，却原来就是预订好的客栈，推门而入发现别有洞天，露天的四方形院子摆着桌椅，主人及他的朋友却更爱坐在大门边的石炕上聊天祈祷。

如果说中东那些旅馆靠着独特的建筑风格与传统习俗吸引着我，阿姆斯特丹的这家青年旅舍，让我留下印象的却是一同住在这里的那些背包客。

许多人不解，如果不为省钱因何非要住在青旅？喜欢看人，喜欢听故事，不知道这个能否作为说服旁人的理由。

与其说喜欢交朋友，不如说是喜欢听故事，毕竟那些来自五湖四海擦身而过的背包客，到后来真正能成为长久朋友的不多。大家多数会交流一些实用信息，比如谁今日去了一个你明日要去的景区，如果你去问，他便会告诉你他的经验。

我爱逛当地的市场，然后买些平时少见的果蔬食材，在青旅的公用厨房里烧菜。有时别人也会做菜，于是从一开始在厨房里点头打招呼，到彼此分享餐桌上各自的美味，再到互相研习对方的手艺，是一个有趣的过程。我也因此学会了好几国传统菜肴的做法，这也算作喜欢青旅的一个理由吧。

阿姆斯特丹的这家青旅，坐落在市中心的运河边，离中国城和红灯区不远。

从外面进去，必须先爬半层石阶再穿过大门来到前台。一楼公共区域范围内，除了前台，还有一个大客厅与一个餐厅，餐厅连着旁边开放式的厨房。客厅里随意摆放着几张大沙发和几个圆形的泡沫懒人椅，一旁的书柜与客厅角落里码放着许多书籍，其中甚至有中文版的《红楼梦》和《辞海》，书堆附近有一盏落地灯，一把木吉他倚着落地灯放着，谁都可以用它弹奏一曲。餐厅相对比客厅小很多，也简陋很多，只有一张长长的餐桌与七八把木头椅子。

在阿姆斯特丹的这段时间里，我特别喜欢在犯懒不愿意出门的时候，占着青旅客厅里靠窗的沙发，看窗外的运河与人来人往。被窗户框起来的风景总是那么吸引人，有时是坐在河岸边喝酒闲聊的三两背影，有时是对岸咖啡店里一排露天座椅上谈笑的人们，总有些什么可以让你将时间消磨掉。当然，大多数时候我更像个游客，到处晃荡拍照，观察街上骑着自行车飞驰而过的当地人，穿梭在那些鲜花市场和跳蚤市场之间。

有天下午，闲逛了大半天之后，我从超市里买回来了些牛肉、蘑菇、洋葱和香料，正在厨房里忙活着准备晚餐，有两个男生也拎了两包东西进了厨房。

这几天一到傍晚，就能在厨房里碰到这一对从福建来的男生，他俩大方地承认是情侣，却不愿告诉我中文名字，只让我称呼他们的英文名。个子高的 Terry 较开朗健谈，Ben 一头短发，大眼睛长睫毛，个性比较羞涩内敛。厨房中的几次攀谈让我与他们熟络不少。

空气中有一股大麻的味道，也不知是谁又在哪个角落里抽起了大麻。我不反感荷兰的开放自由，但大麻的味道着实让我头晕。荷兰是欧洲最开放的国家之一，在这里，你可以在合法的商店里购买到大麻与一种被作为神经毒素的致幻蘑菇；你可以在夜晚的红灯区看到玲珑浮凸的妓女们表演着橱窗秀而无须遮遮掩掩；荷兰也是一个同性恋婚姻合法的国家；在这里，你还可以看到许多奇奇怪怪宗教的盛行，比如起源于美国的“Flying Spaghetti Monster”（飞天意面神教）。

我一边炒着菜，一边与福建男孩闲聊着。这两个男生最近几天十分苦恼，相恋了 7 年的两个人，这次借着到荷兰旅行的机会，本想在阿姆斯特丹登记结婚。怎料前几日咨询了市政厅相关部门，得到的答复是，双方必须有一方为荷兰籍，或在荷兰定居并拥有居住证的人士方可在荷兰境内预约登记结婚。两人不死心，又去了附近的几座教堂到处询问，假如可以在教堂中举办一场梦寐以求的结婚仪式，哪怕没有一纸婚约，Ben 的内心也是满足的。

将做好的饭菜端至餐厅，我被这两人传染了些沮丧情绪，闷闷吃着面前的菜。此时客厅里有人拿起了那把木吉他，轻轻弹拨了起来，清亮的吉他声在不大的空间里回旋。

我下意识抬起头，视线穿过餐厅敞开的大玻璃门，客厅里除了之前沙发中窝着看书的一个匈牙利女生之外，多了一男一女。男生坐在沙发边缘，抱着吉他低头弹着，看不清脸，一头棕红色短发在一旁落地灯的映照下十分亮丽；女孩就倚着沙发扶手，抱膝坐在一旁的地毯上，

歪着头安静倾听着，美好的侧脸让人过目难忘。

一段过门之后，男生开始唱起了《醉乡民谣》里的一首插曲《Hang me , oh hang me》，他的嗓音低沉带有磁性，一字一句合着旋律将歌曲中的无奈、哀伤与对世间凉薄的不满诠释得淋漓尽致，让人无比动容。

“我们现在的生活，是不是和鲁恩有点相似？”《醉乡民谣》中的鲁恩，20 世纪 60 年代初的纽约民谣歌手，穷困潦倒却一直怀揣着对民谣的一腔热忱，无比艰难地漂泊在追逐梦想的道路上，最终依然没能逃脱被残酷现实击败的命运。“不断在坚持和妥协中取舍，被现实生活打压，被亲人误解，我们的信仰被所有人不齿，我们到底错在哪里……”Ben 像是在轻声控诉，又像只是说给自己听，他的声音越来越轻，到最后甚至像耳语，淹没在客厅里男孩的弹唱声中。轻轻地，一旁的 Terry 放下手中的筷子，用手掌包住 ben 握拳的左手。

不知如何安慰，我快速解决了盘中的饭菜，默默退出那个让我有些局促的餐厅，将碗盘刀叉收拾好放入洗碗机，躲进客厅的乐声里。

匈牙利女孩朝我笑笑，她与我同住一个四人间。只见她挪了挪身子，我顺势坐了下来。从院子里散步回来的橘猫黏腻地跳上我的膝盖，我摸摸它的头，它顺从地瘫了下来，从鼻腔里发出细细的呼噜声。

弹唱的男生换了一首轻快的曲子，可能他也意识到，这么美好的夜晚不该让空气凝滞。我希望能从 Terry 和 Ben 的故事里尽快抽身，于是从手边码堆的书里拿起了一本英文版的《Gone with the wind》，慢慢就着生涩的英文单词看了起来。餐厅里的两个男生吃完了晚饭，并肩从我身边经过。Ben 依然耷拉着脑袋，见我抬头看着他，耸耸肩笑了，有些无奈，在我看来更像是在给自己打气。

我想起歌德曾经说过的一句话：世界将人们困在黑暗中，迫使人们永远向往光明。

AS YOU CHOOSE IT
YOU SHOULD
KEEP DOING IT

选择了，
就必须坚持

从卢塞恩到萨尔茨堡的一路上，长途大巴在清晨的薄雾中驰骋。玻璃窗外的世界那么美却那么不真实，仿佛失眠的深夜里，电视机屏幕里循环播放的那些风光纪录片，有时旖旎有时磅礴，但跟谁都无关。太早起床有些恍惚，不确定这些美好景致是谁的平行世界。

连日阴雨，终于，这天早晨放了晴。太阳从厚厚的云层里用力探出了小半边脸，勉强透出泛黄的一些光晕，却温暖不了冰冷的手指，气温还是不高。巴士在隧道里一次一次摇曳穿梭着，忽明忽暗，无休无止。每穿梭一次，眼前的世界就换一次妆，有时是雪山，有时是原野，有时是树林，有时是湖泊。湖的对岸，远处那些房屋小得几乎可以放入掌心，里面住着什么人？仙女、矮人，或是巫婆？

将遐思从车外的魔幻世界中拉回，整个四五十座的大巴车内，入座率也就一半不到。每排 4 个座位，中间隔着走道，两两挨着坐的都是互相认识的人，独自乘车的，一个人占着两个位子，一目了然。在与我同一排右手边的两个位子上，坐着一个满脸胡茬的中年男人，样子看起来有些落魄。当我将目光从车窗外拉回车里的时候，发现他也正好转头在看着我。我们互相打了个招呼，他脸上露出了明媚的笑。

看我戴着耳机，他也没多打扰，拿出一本破旧的书开始翻了起来。这个男人看起来大约五十岁，头发都有些花白了，却像年轻人一样，将半长的头发在脑后束起了一个锥髻。他有一个标准背包客的蓝灰色背包，不算太大，大概也就 60 升的样子，搁在脚边。我有些疑惑也有些好奇，一般像他这样的年龄，是不太会选择单独背包旅行的，而且他的样子看起来像是在外面颠沛流离了许久的嬉皮士，与其说他是一个旅行者，倒不如说是一个风尘仆仆的流浪者。

中途大巴两次停靠休息站，上下车的时间我们稍微寒暄了几句，渐渐熟络了起来。他告诉我他叫 Lion，美国人，是一个业余鸟类爱好者，为了在世界各地观看、追踪不同的鸟雀，他已经像这样流浪了近 6 年。

和他聊天，我发现他不像表面看起来那么不修边幅，他是一个十分有趣而且细致的男人。

他跟我聊这几年在世界各地遇见的形形色色的人，聊他吃到的各种好吃的东西，聊他的家庭和她那与我差不多年纪的女儿，也聊他的爱好与理想。碰巧我特别爱听故事，特别爱八卦，于是一拍即合。

说起几天前在卢塞恩青旅里和他住一起的一个背包客，Lion 滔滔不绝。那个男生也是美国人，刚过完 31 岁生日，之前在因斯布鲁克当过几年滑翔伞教练，也就是将自己与游客绑在一起，带着游客从山崖上往下跳，控制滑翔伞飞行轨迹与下降位置的那种教练。

“去年年底，这哥们顶着自己心爱的滑翔伞独自在天上飞着玩儿，正好当天天气不好，刚开始飞，天上就开始掉雨点。他只好往着陆场上空飞去，打算开始降落。可就在他正慢慢往下降的时候，突然一阵强对流将他一下卷起，把他连人带伞吸到了接近九千米的高空。当时，身上的仪器及高度表迅速被冻上了冰，他连呼吸都开始变得困难。最糟糕的，是大颗的冰雹将他的滑翔伞砸坏了，伞解体了。求生的本能让他在全身冻僵、伞绳缠住手臂的情况下，拼命用另一只手拉出副伞，最后落在了一座牧场的牛棚里，把人家的牛吓了个半死。虽然受了重伤，断了两根肋骨，但这小子命保住了。”Lion 爽朗地笑着，“这家伙大难不死，出院之后看到什么都傻乐，说自己余下的日子都是捡来的。接着开始到处旅行，怂恿每一个他认识的人做自己想做的事，不要在将来后悔。”

谁不愿意一辈子做想做的事儿，不留遗憾？但这需要付出多少的努力，在残酷的现实中克服多少困难？这不啻是一种理想，甚至是一种信仰。

我曾经看过一部美国电影，名字叫《观鸟大年》。当 Lion 告诉我他是一个鸟类爱好者的时候，我脑海中立即浮现出这部电影的名字。那是一部真实故事改编的纪录片。

在美国，“big year”是观鸟爱好者的一个竞赛活动，参赛者需要用一整年的时间，拍摄记录自己观察到的鸟类的种类。直至年末，累积数量最多者胜出。这部片子中的三个男主角，为了自己的这个爱好，如痴如醉、几近癫狂地到处追逐着飞鸟的脚步，放弃了事业、生活、感情。在我看来，那是一个关于实现梦想或屈就现实的故事。故事的结尾，有人皆大欢喜，有人却茕茕孑立、黯然神伤。

“你觉得自己所做的这一切值得吗？”为了这个爱好，抛下家庭，抛下深爱的女儿，四处流浪。我很想知道，夜阑人静时，在他的内心深处，是不是也曾经后悔过。

“既然选择了，就必须坚持。”我知道他是懂的。有那么一刻，他的眼中闪过一丝黯然神伤。流浪了这许多年，虽然当他拿出相机，为我展示他拍到的那些珍稀鸟类的时候，满脸喜悦与成就感，喋喋不休地解说着两种外表差不多的鸟类之间的区别，看上去甚至像一位站在讲台上的教授一般专业而自信，但是当他说起妻子和女儿，他的音调放轻了许多，眼神也温柔了许多。我知道，他想家了。

坚持理想是勇敢的，是高尚的，更是寂寞的。那种不被理解、无人赞许的孤独无助感每夜每夜啃噬着内心。当每一个人都在谴责你自私与固执，劝说你不要做傻事的时候，你也曾无数次想过要放弃，最终是什么让你坚持了下来？我想，或许就是最初的那份信念吧。走出第一步，就该昂首向前，不要低头。如果你够执拗，你就赢了自己。

车抵达了我的目的地，萨尔茨堡晴空万里，干净整洁的城市让人赏心悦目。我们背起了背包，相拥道别。往梦想的路上，希望你能遇见最美的那一道风景。

IMAGINATION

谁的遐想世界

有时不太愿意承认，离开得越久就越发想念巴黎。身在那里的时候总是感觉事事稀松平常，不过是一座有着许多博物馆和一条美丽河流的大城市。

前几日闲来无事，我把《天使爱美丽》重新看了一遍。我一直十分喜欢法国导演 Jean Pierre Jeunet 的这部电影。整部片子充斥着幽默感，叙事性强且浪漫唯美，最重要的是时时带给人思考，让人有所感悟。

看完电影，毫无意外再一次沉浸在爱美丽奇妙的故事中，接着就开始噬心蚀骨地想念起了巴黎的咖啡店，连带整个蒙马特高地街区，再扩展到整个巴黎，一发不可收拾。

最近一次去巴黎，大约是 4 个月前。阴晴不定的巴黎的春天，让我不知道该裹件厚重的大风衣还是只穿一条薄连身裙出门。于是那天，我穿了一条薄连身裙，又裹了件大风衣，闲逛到了 Rue Lepic 的双风车咖啡店。占据了整个街角的这家咖啡店，深红色店招仿佛正用力向我招手，我忍不住走进了爱美丽的世界。

如同我与她两个平行空间的重叠。电影中，她的世界是完整的。她的同事、她的客人、她的邻居、她爱的人，她孤独却充满趣味的生活。可我的世界，悄悄被她侵入了。我的世界里，双风车咖啡店没有她的同事，吧台和酒柜倒是像模像样，只是少了卖烟和彩票的那个摊位。悬挂在墙面上一幅大大的电影海报像是她人生的镜像，本意是拉近慕名而至的人们与爱美丽之间的距离，却无意中提醒了我，那只是一部虚构的电影，不要沉浸太久，应当适时抽离。我索性就背对着海报坐下，不看她带笑的狡黠的眼睛，却以她的视角审视起了周遭，走入这个曼妙的世界。

没有人招呼我，我便在吧台前随意点了杯果酒，端着它走回座位。杯子里半透明的玫红色液体将影子投在手臂上，摇曳的影子艳丽而晶莹剔透，格外惹人喜欢。

在爱美丽的世界里，胡思乱想可以如此天经地义，她的世界有趣极了。

经历了孤独的童年，面对整日心不在焉的淡漠父亲，眼见妈妈在

Pour les 2 Moulins !
Fabuleux
Un film de

自己面前意外死去，爱美丽没有因为悲伤难过而变成一个不快乐的孩子，而是在看似寂寞无趣的生活中发掘快乐，任由想象力无拘无束地驰骋。渐渐，聪明的她长成了一个乐观、善良、爱打抱不平、好奇心满满的窈窕少女。

咖啡店里，我坐的这最深处的座位倚着玻璃窗，背靠身后的海报，可以看得见街上的人来人往。果酒味道不错，甜滋滋的，喝完一大口之后，不一会儿脸上有些发热，心情也越发膨胀了起来。眼前浮现出电影中的一个个情节。

爱美丽到处寻访曾经住过她的公寓的一位房客，将满满装载童年记忆的铁匣子偷偷还回给他，令他感动得泪流满面；爱美丽带着失明老汉穿街过巷，为他描述那个看不见的世界里，种种的细节；爱美丽暗暗撮合一对不快乐的中年男女，让他们尝到爱情的甜蜜；爱美丽伪造了一封迟到的信笺，让消沉在失败婚姻中的女房东重新燃起对生活的热情；爱美丽用一盘盘录影带鼓励着罹患玻璃骨病的邻居，让他看到了外面世界的精彩；爱美丽将失意作家作品中的一段话书写在街道墙壁上，让他知道还有人欣赏自己的作品；爱美丽为老实巴交的蔬果店店员打抱不平，偷偷潜入苛刻的老板家，用各种恶作剧惩戒他，为店员报了仇；爱美丽暗自将父亲花园中的陶瓷矮人偷出交给空姐，让她帮忙为矮人与各国标志性建筑合影，并将照片寄回给父亲，鼓励他走出家门，完成自己的旅行梦想……

影片对每一个角色与情景细微的描摹让人记忆犹新。每个人都有属于自己的个性标签和一些不为人知的癖好。这一群乖张古怪的人们，有人喜欢看花样滑冰选手飘逸的花袖，喜欢定时把工具箱的工具统统倒出清理箱底，喜欢偷偷在桌子底下把塑料泡沫一颗颗挤爆，喜欢每年重复将同一幅名画画一遍，喜欢张开五根手指插入杂粮店布兜装着的豆堆中，喜欢在河面上飞掷小石块，喜欢在黑暗的电影院里观察别人的表情，喜欢用相机拍下未干水泥地上印着的脚印，喜欢用录音机收录各种奇怪笑声，喜欢在自助摄像机器附近捡别人撕烂的照片拼接收藏……这些奇奇怪怪却非常有趣的人物，组成了一个让人眼花缭乱的精彩世界。我不禁联想到自己的一些怪癖：喜欢打听各式各样的故事，喜欢逛墓园，喜欢猫在脚踝上磨蹭……会心一笑。

身旁有一个女孩，用小勺子搅拌完咖啡后，在杯沿轻轻敲了一下。这个熟悉的动作让我想起，爱美丽喜欢用小汤匙敲打刚烤好的布丁表面那一层脆皮，听脆皮被击碎时的响声。爱美丽爱美丽爱美丽，这整个咖啡店里都是她的身影。

爱美丽默默帮助着身边的人，给他们带去欢乐。可面对自己的感情却异常羞怯。最后还是充满智慧的邻居，那位玻璃人老画家帮了她一把。于是，爱美丽决定用自己的方式与连诺玩一个爱情迷藏。

结了账，我走出双风车咖啡店，循着爱美丽与连诺的脚步，朝圣心大教堂的方向走去。远处，屹立在高地上，拱顶教堂白色的身影映入眼帘。再往前走，是电话亭后面双层的旋转木马，它永远是孩童的最爱，风雨无阻地在原地转着圈圈。

爱美丽就是在这里给连诺打电话，让他跟随着地面上浅蓝色的箭头拾级而上，用投币望远镜看着自己扬长而去，再给他留下下一个线索。故事的最终，追逐着爱美丽提供的一个个线索，连诺与爱美丽见了面，并终成眷属。

P

PARIS

影片的最后，连诺开着他那辆破旧的摩托车，带着爱美丽在巴黎街头风驰电掣的一连串镜头让我始终念念不忘。在每次想念这座城市的时候，这一帧帧画面如同一扇扇敞开的窗户，为我的遐想世界提供了无尽的空间。

JUST FOR YOU

为你而来

我总是不太愿意触碰艺术这个话题。它太巨大、太深奥，又太个人。每一个人对每一种艺术形态里的每一件作品，都有不一样的理解与感悟。用语言或文字表述，总是苍白无力，无法描绘那一刻的感动。

我不懂艺术，或者说，我每每只触摸到了艺术光鲜的外表，没能感知它迫切想表达的内心，无论音乐、舞蹈、文学、诗词歌赋、画作雕塑、建筑，等等。不过我却以一种近乎痴迷的普通听者、读者、观者的姿态，对艺术作品不停膜拜着。我在旅程中，拜谒各个博物馆、美术馆、音乐厅、歌舞剧院…… 被那些最细微最直接的元素撼动。

在欧洲旅行，常常会有意无意地被提醒，这里曾经有一个非常重要的时代。那便是发源于意大利佛罗伦萨的文艺复兴时期，它曾经一度成为了西方艺术的代名词。特别在意大利，这个以人文艺术景观著称的国家，随处可见文艺复兴的影子。

游走在意大利数不清的博物馆中，最让我念念不忘的，除了佛罗伦萨的乌菲兹美术馆，就是梵蒂冈博物馆了。在这两个场馆中欣赏达芬奇、拉斐尔、米开朗基罗的作品，感觉像是隔着时间与空间在窥视他们的点滴秘密，听他们通过一件件画作与雕塑讲述着一个个故事，有时甚至让人有种失重感，我作为一个历史的旁观者，在喜悦与感动中被抛向半空，心脏怦怦狂跳，内心久久无法平静。

自从几年前在德累斯顿茨温格宫的画廊里观赏过拉斐尔的《西斯廷圣母》之后，我便深深迷恋上这位天才的作品，折服于拉斐尔细腻、优雅、恬静的风格。站在灯光昏暗、偌大的展厅里，照明灯打在高挂的画作上。拉斐尔画笔下的圣母，拥有绝美的五官与温润的轮廓，眼光微微向下俯望众生，眼中含着一丝悲悯，温婉却坚定。她的表情安详恬淡，满脸的端庄大度，她决定牺牲自己的孩子，来拯救苦难深重的世界。圣母怀中一脸稚气的圣婴耶稣，清澈的双眸虽有天真之气，却仿佛意识到自己的重任，流露出自我牺牲的一丝淡然与无畏。拉斐尔极尽追求完美，他的画笔，细致地勾勒出了人物的样貌、神态、表情。如果说拉斐尔一贯以母亲或情人的形象及精神气质来塑造圣母，那这幅《西斯廷圣母》，却以更高的起点，塑造了圣母和人类救世主的形象。

画作中的圣母与圣婴是那么美，那么高贵祥和，抚慰人心，可在那一刻，我的内心却无比激动，仰望着那幅画，呼吸有些急促，恰如遇见了思念已久的人，无法移开目光，更无法移动脚步。

印象中，拉斐尔永远是戴着帽子、年轻俊美的一位翩翩少年，37岁就离世的他，为世人留下了青春与迷人的样貌。站在他的自画像面前，我很难将他与凡夫俗子相提并论，但他娟秀温和的眼神又好像在说，谁不是血肉之躯，谁没有七情六欲，我也需要吃花钱买来的食物，我也是人。

来到梵蒂冈博物馆，为的还是拉斐尔。除了他，还有西斯廷礼拜堂里的米开朗基罗。梵蒂冈博物馆内不乏众多鼎鼎大名的珍品。古希腊时期的雕塑《拉奥孔》，米开朗基罗深爱的雕塑《残躯》，埃及馆中精美艳丽的棺木与干瘪的木乃伊，华丽繁复的拱顶壁画及挂毯……让人目不暇接。我拿着场馆地图，寻找着14号拉斐尔画室及21号西斯廷礼拜堂。

《雅典学院》湿壁画，以古希腊哲学家柏拉图创建的雅典学院为主题，颂扬希腊精神与生活理想，体现了当时的人们对智慧和真理的追求。画作的背景是圣彼得大教堂，画面层层叠叠，人物比肩接踵，拉斐尔将每个人物的肢体语言及面部表情细致描绘，整个场景透视感十足。《圣礼的争辩》的布局与《雅典学院》完全不同，将天上的人群与地面上的人群排列成弧形，画面和谐而磅礴，表现了基督教会对圣三一的研究和讨论的过程。我在有关拉斐尔的四个画室中久久徘徊，无法形容内心的喜悦与满足。

假如说达芬奇的作品充满着猜测并让人深思，带着无法抹除的神

秘感，拉斐尔完美而细致地勾勒出了人物的情绪与表情，那米开朗基罗对人体肌肉纹理的精准把握却是无人能比，他的雕塑作品带给世人的，是力量和强壮的美学。

据说在当时，米开朗基罗在修道院特准的情况下，曾无数次来到医院和教堂的地下室对尸体进行解剖，为的是能够清晰地了解人体的内部构造，准确无误地雕刻出身体的每一个部位，成就一座拥有完美体型的雕像。

米开朗基罗最著名的雕塑作品，是矗立在佛罗伦萨市民广场一侧的大卫像。他雕塑的这尊大卫像与其他雕塑家的作品最大的不同在于，别人都将大卫诠释成一位打败了歌利亚的胜利者，而米开朗基罗的大卫，是在出战之前的备战状态。整个大卫像肌肉紧张收缩，手臂上青筋暴起，双目炯炯，器宇轩昂，随时准备投入战争。

在西斯廷礼拜堂的穹顶壁画《创世记》中，《创造亚当》是最杰出的一幅画作。画中亚当全身赤裸，肌肉线条完美，他慵懒地半躺在山坡上，右手撑起上半身，左手向前伸展着，指尖等待着上帝的触碰。上帝与天使从天际飞驰而来，眼神坚毅地注视着自己创造出来的这个凡人，伸出有力的右臂，食指与亚当的手指旋即对接，给予亚当生命与活力。米开朗基罗崇尚雕塑艺术，所以即便是他画中的那些人物，也如同他的雕塑般立体饱满，充满了大理石的光泽。穹顶之下，200多平米的壁画《最后的审判》同样引人注目。所有来到这里的人们，摩肩接踵，甘愿安安静静地抬起头，仅凭着从第三层楼窗户外投进来的那点自然光线，久久对着天花板与墙壁仰望，不知疲倦。

AS LONG AS YOU BELIEVE

只要你相信

我叫她布朗太太。布朗，是她已故先生的姓。她是我租住的民宿的房东，一开始，我并不是特别喜欢这位老太太。

来到希尔克内斯，对于一个“南蛮子”来说，除了看极光，还想安安静静地在郊外的白雪皑皑中过几天真正的北方冬天。没有住进市区，我在离市区接近 20 公里的郊外租了一间民宿。预订这间民宿时，网上的评语是：可以打猎、捕鱼，屋子附近有个小湖和码头。不假思索，这便是理想的住宿条件。

冰天雪地之中，出租车司机好不容易把我带到了这栋米黄色房子的跟前，两层的小木屋小巧精致，在雪地里美得不言而喻。

司机帮我把行李从后备箱搬下来，转身将车开走了。站在门廊下的大门口，我却敲不开门。看着越开越远，渐渐消失在小路尽头的出租车和缓缓黑下来的天，雪花开始漫天飞舞，第一次我有种被世界遗弃的无力感。房东电话没打通，又冷又饿，我却只能呆立在门口干等。唯一的欣慰，是玻璃门里依稀看得见走道尽头的灯光。我祈祷着房东只是出去一会儿，马上就会回来为我开门。

又等了十几分钟，依然不见有人来，我感觉脚趾头都快冻僵了，于是决定想想别的办法。环顾四周，发现二三十米开外的空地上有另一间小小的房子，房子边门的屋檐上亮着一盏小灯，灯光在幽暗的雪天里，显得格外昏黄孤寂。这房子看上去好像是个车库或杂物房。我丢下背包和行李箱，大踏步走了过去，顾不得渗进鞋子里的雪花。用力敲了几下边门，有那么一刻，脑子里晃过许多惊悚片的画面，幻想开门的会不会是个面目狰狞、带着牛角头盔、举着斧子的大个子维京海盗。

就在我心猿意马、手心发汗的时候，门居然应声打开了。门后面站着一位六七十岁的白发老太太，还未等我开口，她面无表情地问了一句："Are you Miss Chen？"

敢情我在大门口苦苦等待，老太太却不慌不忙躲在温暖的小屋里忙活自己的事情，也不看看到没到预计抵达时间，是否应该到主屋里去等我！最让人生气的，是她脸上一丝一点歉意都没有！那一刻我内

心的不快满满写了一脸，心想回去一定要在网页上给这间民宿写差评。

气鼓鼓地随她走回了主屋，到大门口时，老太太指了指门廊角落里一个不太起眼、拖着一条细麻绳的金属铃铛，轻描淡写地说：“下次找我的时候，用力摇这个，哪怕我在湖边都能听到。”我对着她的背影狠狠做了个鬼脸，有什么了不起的，不就一个锈迹斑斑的破铃铛吗？

她把我带到了我的房间，告诉我半小时后开饭，转身走了。估计走在我跟前，她也能感受到背后丝丝的凉意与满满的怨念。

那天的晚饭吃得特别沉闷。一方面我对她让我在天寒地冻的室外等了半个多小时依旧耿耿于怀，另一方面也实在是累了，只想赶快吃完饭洗漱一番睡大觉去。在我吃饱起身，打算离开餐桌回房间的时候，她叫住了我。难不成还要我自己收拾餐具？内心一阵懊恼。

只见她又轻描淡写地指指旁边台子上一个纸盒子：“把牛奶拿进屋，晚上口渴了可以喝，喝完会好睡很多。”我愣了一下，对于她突如其来的好意，比之前的冷漠更让人感到意外。这是怎样一个阴晴不定、脾气古怪的老人啊！好吧，我无奈地耸耸肩，连“谢谢”都忘了说，拿起那盒牛奶径直走出了餐厅。

就这样，我与布朗太太相安无事相处了几天。她每天晚饭前照例从冰箱里拿出一盒牛奶晾着，我每天晚饭后自觉把牛奶拿进房间，但后来的每一次，我都没忘记说谢谢。

不像其他的游客早出晚归，我只预订了当地一晚的观极光团，其余时间都在这间屋子及其周围一公里左右的范围内闲晃着。在这个昼短夜长的冰天雪地中，白天我要么赖在自己房间里看书休息，要么去湖边的小码头附近闲逛。有时会偶遇一些拉着雪橇带着人经过的狗狗，但它们工作的时候特别专注认真，从不会因为我的注视而停下来。还有一次，我远远看见一头驯鹿在树林的边缘遛弯，但不一会儿它就又钻回了树丛里，没再露面，想是附近哪个萨米人部落里驯养的驯鹿。至于网络上说的打猎捕鱼之类的活动，我既不知道去哪参加，也不愿意问老太太。她也乐得清闲，可能对于我的安静与自得其乐十分满意，这天午后，她居然给我做起了苹果派。

老太太特别喜欢午饭后去旁边那个小屋子里待着，有时一待就是一个下午，直至到点回主屋厨房准备晚饭为止。几天相处下来摸清了她的脾性，我也忍住了好奇，从不主动询问她任何问题。

那天下午，我从湖边溜达回来经过她那个神秘的小木屋时，老太太从门里探出头来叫住了我。紧接着，我闻到了一股诱人的甜香味。这馥郁的香味里，有烤酥皮面包的焦香和奶油的香味，又夹带着蜜糖和水果的清香，将我胃里的馋虫全部勾引了出来，让人垂涎欲滴。只见木屋的窗台外搁着一块被切成三角形的苹果派，香味就是它散发出来的。可老太太为什么把苹果派搁在窗台外面吃呢？我心里嘀咕着，但还是忍住了没问出口。“厨房里有刚烤好的苹果派，你自己拿去吃。”看来她今天心情不错。我一路小跑到了厨房，吃下了两大块香喷喷的苹果派。不得不承认，老太太做甜品的手艺真不赖！要不是她冷冰冰的个性，真想让她教我做甜点的诀窍。

当晚，我梦寐以求看到了极光。它们安安静静地从远处慢慢向我走来，在我头顶的天空中舞动着身体，瞬息万变，仿佛触手可及，却又有着一种幽幽的虚无感，就像浸润在水雾中一件件薄如蝉翼的霓裳，你一伸手，哪怕是指尖最轻微的触碰，都要将它搅散了。最终，它们又悄无声息地走远，消失在了天际。那一刻连风的脚步都变轻了，周遭万籁寂静，只听得心脏怦怦跳动的声音和身旁人们轻轻的由衷的一声声叹息。

第二天早上我睡到接近午餐时间才醒来，躺在床上意犹未尽地回味着前一晚的极光，磨蹭了好久才起床下楼。吃完午饭照例换上羽绒服往外走，正巧碰到站在小木屋旁的老太太。她正若有所思地伫立在窗台前发呆，见我走过去也没搭理我，只是轻轻叹了一口气。旁边的窗台上，昨天那块苹果派依然突兀地躺着，表面还被冻上了薄薄的一层霜。“为什么把苹果派冰在这儿呢？”我再也压不住内心的好奇。难道冰冻的苹果派口感更好？那为什么不冰在冰箱里？

“它没有来。”老太太幽幽地说。我没有听错，她的主语是“it”。

“谁没有来？”

没有直接回答我的问题，老太太将视线从远处拉回来，开始自说自话：“布朗先生最喜欢吃我做的苹果派了。他整天在工作室里忙着做木工活，但只要一停下来，就会要我给他端来各种甜点和茶。他说吃苹果派的时候，是一天当中最美好的时光。每到夏天，他吃甜点时掉在地上的碎屑会引来好多蚂蚁，那时他就特别生气，总说如果家里有只食蚁兽就好了。没办法，只能是我每天给他打扫这间工作室。”布朗太太笑了，她沉浸在回忆中，我第一次看到她笑得那么让人动容。

“你相信人去了天堂之后，当他很想念家人的时候，还会偶尔回来看望家人吗？”她盯着我的眼睛，那么温柔慈祥，之前那个一脸冷漠的老太太消失无踪。

我想，她只不过是个年迈的内心孤独无助的妇人，因为不擅与人相处而显得孤僻古怪。或许她内心非常渴望陪伴，却不知道如何表达，就连示好，都显得那么生硬怪异，但她内心是善良柔软的，更是脆弱敏感的。

“那一头驯鹿，就是布朗先生。我知道的，它那么爱吃苹果派。它看着我的眼神，我就知道布朗先生回来了。”转过身，她有些语无伦次，蹒跚着走进了布朗先生的工作室。“但是这几天它没来。”

就在那一刻，我原谅了这个性情古怪的老妇人，对于她之前种种古怪的表现，完全释怀了。

后来的几天，老太太恢复了一贯的冷漠，也没再跟我提起布朗先生。她照样每天下午待在布朗先生的工作室里，我也从没进去过那个小小的工作室，不知道她到底在里面干什么。

老太太后来倒是又做了一次香喷喷的苹果派，我大快朵颐的同时，也明白了之前是自己自作多情，那不是特地为了招待我而做的。

她照样还是把其中一块苹果派搁在窗台上，等待着。

第一天晚上，我睡觉之前特地去看了一眼，苹果派还在，可因为下大雪，它渐渐被一层雪花覆盖住了。我心里突然有些难过，想要不要这时把它偷偷拿走，包好扔掉。可又有些于心不忍，说不定今晚就有头驯鹿来把它吃了。

第二天一早，因为心心念念想着苹果派的事儿，起了个大早穿上厚厚的衣服，我蹑手蹑脚走出了主屋的大门。有些失望，远远就能看到那块苹果派顶着一小堆雪花躺在窗台上。

正当我想转身回到屋里的时候，不远处草丛中闪过一个影子。定睛一看，那真的就是一头驯鹿！因为太阳还未升起，空气中有种灰蒙蒙的混沌，只见那个影子慢慢向前移动，越来越靠近小屋。我的心狂跳着，怕吓跑它，缓缓以龟速朝它靠拢。

驯鹿走到小屋的窗台下停住，吸气，再呼气，热流从它鼻腔里喷出，随即凝结成白色的一团雾，飘散在空中。它微微低下头，开始大口吃起了那块覆盖着雪花的苹果派。

我与它的距离已经非常近，不敢再往前走，怕它会马上转身离开。它咀嚼着口中的美食，美丽的鹿角微微晃动着，我甚至可以看到它嘴唇蠕动的样子。几秒钟后，它咽下食物，抬起了美丽的头。天越来越亮，我看清了它的眼睛。那是一双饱含感情的眼眸，清澈明亮。它的眼神那么安详宁静，充满着睿智的光芒，震撼人心。

生命中多么奇妙的一刻。我不远万里来到这片冰封的土地，在如此纯净的一个清晨，偶遇了森林中的精灵，在它的注视下屏着呼吸，深深感动，最后再默默目送它转身，与来时一样，缓缓迈着脚步离开……

这对于我，是一个永生难忘的奇迹。

Sallittu
linja-autoille

Bowling
Saariselkä

图书在版编目（C I P）数据

不顾一切去旅行 / 陈美琪著. -- 上海：上海社会科学院出版社，2017
ISBN 978-7-5520-1892-9

Ⅰ. ①不… Ⅱ. ①陈… Ⅲ. ①随笔－作品集－中国－当代 Ⅳ. ① I267.1

中国版本图书馆 CIP 数据核字 (2017) 第 028972 号

不顾一切去旅行

著　　者：陈美琪
摄　　影：陈　蕾　陈美琪
责任编辑：林凡凡
策　　划：陈雪文
设　　计：卢　莹
出版发行　上海社会科学院出版社
　　　　　上海顺昌路 622 弄 7 号　邮编 200025
　　　　　电话总机 021-63315900　销售热线 021-53063735
　　　　：http://www.sassp.org.cn　E-mail:sassp@sass.org.cn
印　　刷：上海丽佳制版印刷有限公司
开　　本：890×1240 毫米　1/32 开
印　　张：6.75
字　　数：146 千字
版　　次：2017 年 5 月第 1 版　2017 年 5 月第 1 次印刷

ISBN 978-7-5520-1892-9/I.237　　定价：38.00 元